„Es ist völlig egal, wie wir leben,
Hauptsache wir lieben."

Rudolf Meinhard
in „Kein Abstellgleis"

Fred Keller

wurde 1971 in Pforzheim geboren. Mit vierzig fing er an zu schreiben.

Seit 2015 ist er Mitglied im Goldstadt-Autoren e.V.

Fred Keller hat Texte in mehreren Anthologien des Papierfresserchenverlags veröffentlicht.

Anfang 2016 erschien seine eigene Kurzgeschichten-sammlung „Wenn die Sonne bläst". Im Jahr 2017 folgte „Cynthia Silbersporn – Hexengeschichten".

Kontakt:
Freddykeller178@gmail.com
www.goldstadt-autoren.de

Fred Keller

Die Ersatzmuse

Text-Mix

Bibliografische Information der Deutschen Nationalbibliothek: Die Deutsche Nationalbibliothek verzeichnet diese
Publikation in der Deutschen Nationalbibliografie; detaillierte
bibliografische Daten sind im Internet über
http://dnb.dnb.de abrufbar.

Covergestaltung: Fred Keller/Claudia Konrad
Lektorat: Dr. Wolfgang Weimer
Herstellung und Verlag:
BoD – Books on Demand, Norderstedt

ISBN 978-3-7448-8282-8

Inhaltsverzeichnis

Vorwort

Hallo, liebe Leserinnen und Leser,

ich freue mich, Sie in meinem dritten Buch begrüßen
zu dürfen.

Eigentlich wollte ich *Gute und böse Geschichten* als Un-
tertitel nehmen. „Eigentlich ist ein herrliches Wort.
Es lässt so gut wie alle anderen Möglichkeiten zu."
Das sagte schon Maximilian Maca, weshalb ich mich
entschlossen habe, Sie selbst entscheiden zu lassen,
welche für Sie gut und welche böse sind.

Ich hatte beim Schreiben wieder einen Heidenspaß
und wünsche Ihnen dasselbe beim Lesen.

Ihr Fred Keller

P.S. Wer einen Fehler findet, darf ihn behalten.

Fünf für Pforzheim

Cynthia Silbersporn, voluminös, taff, selbstbewusst, Alter unbekannt, bewohnte mit ihrer Katze Diva ein kleines Häuschen am Rande der Großstadt. Dort gefiel es ihr außerordentlich gut. Kürzlich hatte sie von dem fulminanten Hexenrat ihr Diplom erhalten, was ihre Ausbildung in Weißer Magie bei der übergewichtigen Elfe Pinky beendete und die daraus entstandene Freundschaft besiegelte.

Heute wollten die beiden Damen zusammen mit Lisa, Cynthias Schwester, und den Maca-Brüdern Marius und Maximilian einen Bummel durch Pforzheim machen. Wer gute Ohren hatte und aufmerksam lauschte, konnte ein doppeltes *Plopp* wahrnehmen. Und wer zufällig hinter die betagte Weide mit ihren bis zum Boden reichenden Ästen geschaut hätte, wäre erstaunt gewesen, was dort gerade geschah: Zwei Frauen materialisierten sich aus dem Nichts.

Zum Glück standen keine fremden Leute herum, die vor Schreck in Ohnmacht hätten fallen können.

Cynthia deutete zur Spitze eines Fahnenmastes.

„Sieh nur, überall flattern weiße Flaggen mit einer schwarzen 250 drauf. Was das wohl bedeutet? Die Stadt muss doch älter sein. Denk nur mal an die Rathausfassade."

„Viel älter", antwortete Pinky. „Sie wurde zum ersten Mal im Jahr 1067 erwähnt, aber auch da war Pforzheim nicht neu, sondern schon lange als Portus bekannt und war ein römisches Verwaltungszentrum. Die 250 steht für das Jubiläum der Schmuck- und Uhrenindustrie."

„1067, das ist lange her", grummelte Cynthia in ihren fast nicht vorhandenen Bart, der nur aus einem einzigen Haar bestand. „Demnach feiert die Stadt in fünfzig Jahren das 1000-jährige Bestehen. Ob wir das noch erleben?"

„Für mich kein Problem."

Überrascht sah Cynthia Pinky an und strich ihre langen dunklen Haare aus dem Gesicht.

„Wie meinst du das? Und überhaupt, woher kennst du diese ganzen Fakten und Jahreszahlen? Hast du einen Stadtführer gefrühstückt, oder was?"

„Ich weiß das so genau, weil ich bei der Stadtgründung und auch davor schon immer mal wieder hier war."

Während Cynthia perplex stehenblieb, marschierte die Elfe los, als hätte sie nicht soeben einen gänzlich unglaublichen Satz von sich gegeben. Sie schaute zurück und fragte: „Kommst du? Worauf wartest du denn?"

Cynthias eisgraue Augen wurden untertassentellergroß, sie stand kurz vor der Schnappatmung.

„Du willst mir jetzt nicht im Ernst erzählen, dass du älter als Pforzheim bist?"

„Naja, was ist schon alt? Die Erde ist zirka 4,6 Milliarden Jahre alt. Was sind im Vergleich dazu mehr oder weniger tausend Jahre?" Pinky grinste, sichtlich amüsiert über Cynthias verblüfften Gesichtsausdruck.

„Aber du kannst doch nicht das Alter einer Stadt, der Erde und dein eigenes in einen Topf werfen."

„Ach, was hast du nicht alles schon in einen Topf geworfen? Aber mal ernsthaft. Ich wurde als Elfe geboren, bevor ich zur Dreizehn mutierte, bin also ein magisches Wesen. Weißt du, wie alt wir werden können? Mal vorausgesetzt, man bringt uns nicht um, was wiederum gar nicht so einfach wäre."

„Nein, das hast du mir nie verraten." Cynthia versuchte noch immer, dem Gehörten Glauben zu schenken.

„Du hast nicht gefragt." Pinky zwinkerte mit dem rechten Auge.

„Ja, weil ich dachte, wir sind ungefähr gleich alt."

„Glaubst du, du hättest mich als gleichwertige Freundin, so von Frau zu Frau, behandelt, wenn du gewusst hättest, dass ich ungefähr fünfundzwanzigmal so alt bin wie du?"

„Sicher nicht", gestand Cynthia.

„Das war mir klar. Zu oft hab ich das schon erlebt. Die Menschen erstarren geradezu in Ehrfurcht vor meinen Jahren. Das nervte so lange, bis ich beschloss, mein Alter nach unten zu korrigieren, wie es Frauen gerne machen. Aber wechseln wir das Thema. Wir sollten uns beeilen, wenn wir pünktlich am verabredeten Ort sein wollen."

„Wo treffen wir uns?"

„Also, ich war schon länger nicht mehr in der Stadt, aber Maximilian hat den Rathausplatz vorgeschlagen. Er meinte, dort stehe eine goldene Mülltonne, die man gar nicht verfehlen könne."

Zielstrebig schlug Pinky diese Richtung ein.

„Was du nicht sagst", grummelte Cynthia. „Nix in der Stadtkasse, aber 'nen Abfallbehälter aus Edelmetall. Warum nicht gleich einen Porsche vergolden?"

„Weil's den schon gibt", erklärte ihre Freundin kurz und knapp.

Cynthia Silbersporn war sprachlos, was durchaus Seltenheitswert besaß.

Beim Überqueren der Enz fiel ihr Blick vom Emiliensteg, der auf jeder Seite von einer Weide begrenzt wurde, ins Wasser. Golden spiegelte sich die Sonne im Fluss. Cynthia wurde regelrecht geblendet. Was konnte das sein?

Sie trat ans Geländer, schaute konzentriert nach unten und wischte sich über die ungläubigen Augen. Mit zitterndem Zeigefinger deutete sie auf eine Stelle zwischen den Steinen, die aussahen, wie Steine eben aussehen. Grau, unförmig, an einer Seite bemoost.

„Spinn ich jetzt, oder siehst du den Goldklumpen auch, Pinky?"

„Sicher, die gibt es momentan an vielen Plätzen. 50 Stück und jeder mindestens 250 Kilo schwer. Dieser ist, mit einem Gewicht von zwei Tonnen, der größte."

Cynthia kratzte sich am Kopf. „Hm, normal ist das nicht."

Ihren Gedanken nachhängend folgte sie Pinky, und wenige Minuten später begegneten sie den Herren Maca.

Marius war klein und dick, hatte immer einen Spruch parat, sein Bruder Maximilian, athletisch durchtrainiert, besaß etwas Machohaftes, was eine gewisse Anziehung auf Cynthia ausübte, die sie sich aber nicht so richtig eingestehen wollte.

Von der anderen Seite stürmte Lisa herbei. Die langen schwarzen Haare flatterten hinter ihr her.

„Uff, gerade noch rechtzeitig."

Pinky grinste. Bei Lisas Flugunterricht hatte diese lebenslängliche Pünktlichkeit geschworen und sich seither auch daran gehalten.

Die Fünf begrüßten sich, und der quirlige Marius ergriff das Wort:

„Die ganze Stadt sieht glänzend aus. Überall Gold. In einem Schaufenster steht sogar ein Gin mit Blattgold. Ich liebe dieses Glitzern."

„Ja", gab ihm sein Bruder Maximilian einsilbig Recht.

„Na, ich weiß nicht." Cynthia zog Marius am Ärmel, weil sie einen Vorschlag machen wollte, von dem sie wusste, dass er auf seine Zustimmung stoßen würde.

„Ich möchte ins Casal. Der Tag war bis jetzt so aufregend, ich war ewig nicht mehr in der Stadt. Jetzt muss ich meine Nerven beruhigen und meinen Blutzuckerspiegel nach oben treiben."

„Eine hinreißende Idee. Schokolade entspannt."

Cynthia schmunzelte unauffällig vor sich hin. Wie gut sie doch ihren Freund kannte.

Nach dem Betreten der Eisdiele wurde die Theke genauestens begutachtet, bevor sie alle an einem runden Tisch Platz nahmen. Der junge Ober, sportlich, tätowiert, mit Pferdeschwanz, bediente aufmerksam und schnell.

Cynthia zwinkerte Marius zu. „Der Typ ist zwar nicht aus Edelmetall, aber trotzdem goldig."

Maximilian kam auf die Goldklumpen zu sprechen.

„Wäre doch herrlich, wenn wir diese Findlinge echt machen könnten. Die Kassen der Stadt sind leer. In der Zeitung wird regelmäßig davon berichtet. Wir sollten etwas dagegen unternehmen."

Pinky schüttelte den Kopf. „Jeder ist für seine Fehler selbst verantwortlich und muss sehen, wie er damit klarkommt."

„Naja, im Leben eines einzelnen Menschen hast du sicher Recht", antwortete der große Magier. „Aber hier müssen wir an das große Ganze denken. Ein neuer Oberbürgermeister kann nicht bei null anfangen. Ich habe gehört, wie er sagte, dass ‚weiter so' nicht sein Stil sei. Der Schlamassel begann schon vor über fünfzehn Jahren, als Frau Nasenkiesel das Ruder im Rathaus übernahm, oder vielleicht noch früher. Wir könnten gemeinsam die fünfzig Steine in Gold verwandeln."

Cynthia hörte gebannt zu. „Dafür bräuchten wir einen einmaligen Stein, nämlich den der Weisen."

Der große Maximilian lehnte sich zurück, verschränkte die Hände hinter dem Kopf und trumpfte auf: „Wer sagt, dass ich ihn nicht habe?"

Der Satz hing über dem Tisch, Stille umgab die Fünf.

Lisa schnappte hörbar nach Luft. „Wie – du hast ihn?"

Vier ungläubige Augenpaare sahen auf den locker dasitzenden Magier.

„Wie ihr wisst, bin ich viel herum gekommen, in dieser und in anderen Welten, und habe überall aufmerksam gelernt."

Pinky rebellierte, ergriff Partei für die gute Magie.

„Wäre das nicht wieder etwas dunklere Zauberkraft?"

„Ich finde, wenn wir etwas Gutes für die 120.000 Einwohner von Pforzheim kreieren, kann es so schwarz nicht sein", versuchte Max, seine Freunde zu überzeugen.

„Ich stimme zu", Cynthia hob die Hand, „und bin dafür."

Marius folgte ihrem Beispiel und schließlich auch die etwas zaghaftere Lisa.

Als Pinky sah, dass alle einer Meinung waren, gab sie nach. „Gut, probieren wir es. Du übernimmst die Verantwortung. Es ist dein Zauber."

„Wie so oft. Wir treffen uns um Mitternacht an der goldenen Mülltonne. Ich möchte sie als Symbol nehmen. Wir machen Ordnung, vernichten den alten Dreck und lassen das Goldene Zeitalter wieder auferstehen."

Verschwörerisch legte er die rechte Hand auf den Tisch, Cynthia und die anderen taten es ihm gleich. Sie legten ihre rechten Hände aufeinander, bis sie einen Stapel bildeten.

„Ich gebe der Aktion den Namen: *Fünf für Pforzheim*."

In der Nacht, als die Rathausuhr zwölf schlug, standen sie am verabredeten Ort und fassten sich bei den Händen. Maximilian sprach mit kraftvoller fester Stimme:

> *„Wir einen die Kräfte von Männern und Frau'n,*
> *wandeln Findlinge in Goldnuggets, ihr werdet schau'n,*
> *schwarze Zahlen jetzt, ehemals rot verpatzt,*
> *die Stadtkasse wieder aus allen Nähten platzt."*

Max löste seine Hände. „So, das war's. Der Rest ist Sache der Großkopferten. Ich wünsche euch noch eine gute Nacht." Mit saloppem Schritt machte er sich auf den Weg zur Maca-Villa, die am Ende der Vogesenallee stand.

Marius rief: „Warte, ich komm mit!" und winkte zum Abschied den drei Frauen zu.

In der folgenden Nacht lag Cynthia noch lange wach und fragte sich, ob der Spruch tatsächlich seine Wirkung entfalten würde.

Doch auf eine Antwort musste sie noch viele Monate warten. Bis die Jubiläumsfeierlichkeiten kurz vor Weihnachten abgeschlossen waren und die Steine von der Schmuckfirma entfernt wurden, die sie mit Blattgold überzogen hatte. Beim Versuch, die goldene Schicht wieder abzulösen, stellten die Goldschmiede das Unvorstellbare fest: Die Findlinge waren aus massivem Gold.

Gespendet war gespendet, somit stopften die fünfzig Steine die Finanzlöcher der Stadt.

Die Zeitungen überschlugen sich, berichteten auf allen Titelseiten: *Pforzheim im Goldrausch – echte Riesen-Nuggets geborgen.*

Cynthia lachte beim Auseinanderfalten der Zeitung.

„Gut gemacht, Max! Auf die Zukunft von Pforzheim."

Avaritia - Habgier

Kriminalhauptkommissar Karsten Becker wanderte früh am Morgen über einen kleinen Friedhof, in dessen Nähe er ein Häuschen bewohnte. Das Dorf, in dem er lebte, lag in der tiefsten Provinz, verglichen mit der Stadt, wo das Präsidium stand, in dem er arbeitete. Sein erster freier Tag seit gefühlten zwei Monaten. Die Schwüle der letzten Wochen war auch für heute angekündigt.

Hier gefiel es ihm um diese Zeit, wenn noch niemand außer ihm unterwegs war. Wann immer es seine knappe Freizeit zuließ, spazierte er durch den Wald. Die große Runde sollte es sein, er wollte die Stille genießen, den Stress abbauen. Am anderen Ende des Gottesackers drückte Becker die quietschende Klinke der metallenen Gittertür und trat durch. An der äußeren Friedhofsmauer entlang führte ein Weg um die Ruhestätte herum. Im Wald herrschte angenehme Kühle, dennoch klebte das Hemd bereits an seinem Rücken.

Knapp über den Baumwipfeln jagte eine Krähe über ihn hinweg und krächzte ihren typischen Ruf. Er zuckte zusammen, die Nerven angespannt. Der jahrelang antrainierte Instinkt des Polizisten schlug an. Plötzlich entdeckte er ein paar Meter abseits des Weges einen Fliegenschwarm, der ein lautes, hektisches Summen verbreitete. Die Insektenwolke schwebte einen halben Meter über dem Boden.

Die Faszination des Unbekannten weckte Neugier und Ekel zugleich. Ekel aufgrund der vielen Fälle, in denen Fliegen eine Leiche angekündigt hatten.

„Nein, nicht heute, nicht hier, in diesem ruhigen Dörfchen, wo jeder jeden kennt und sich nicht mal Fuchs und Hase gute Nacht sagen, sondern nur noch müde am Abend zuwinken", brummte er vor sich hin.

Forsch ging er auf den Schwarm zu, als ihm schlagartig ein beißender, leider allzu bekannter Geruch in die Nase fuhr. Becker raffte das Hemd hoch und hielt es vor sein drangsaliertes Riechorgan. Mittlerweile war er überzeugt, es mit einem toten Körper zu tun zu haben.

„Vielleicht ist es nur ein verendetes Tier und ich würde mich mit einem Anruf lächerlich machen", überlegte er. Vorsichtig, um keine Spuren zu verwischen, näherte er sich dann doch dem Haufen. Die Mücken schienen ihn aggressiv anzubrummen. Einzelheiten wurden erkennbar, vereinigten sich zu einem Gesamtbild. Deutlich erkannte Becker vier Finger, teilweise von Erde bedeckt. Durch das Laubdach drang ein Sonnenstrahl, brachte den Diamantring an einer Frauenhand, deren von sichtbarer Arthritis gequälte Gelenke wohl das Abziehen des Schmuckstücks schon lange verhindert haben mussten, zum Blitzen.

Mit trockenem Reisig wischte der Ermittler behutsam über den Platz, an dem er das Gesicht vermutete. Würgemale waren um den blau verfärbten Hals der Toten zu sehen. Er erkannte die Frau, konnte ihr nur keinen Namen zuordnen. Noch nicht. Der Tod hatte das Antlitz verändert, es nahezu entstellt.

„Dieses Gesicht wird nie mehr lachen, wahrscheinlich ein lautloser Schrei, ein Kampf um Luft, erstarrt beim Bewusstwerden des Todes. Zum Kotzen", fluchte er.

Eich oder Eichhorn, irgendetwas in der Art. Der Name lag ihm auf der Zunge, kam jedoch nicht über seine Lippen. Becker wusste aber, wo sie wohnte.
Eilig sprintete der Hauptkommissar nach Hause, um seine Kollegen zu verständigen.

Er beschrieb den Fundort und gab Anweisung, den Pathologen Herrn Meier und die Spurensicherung herzuschicken. Auch wenn er den jungen Meier nicht so richtig leiden konnte, musste dieser stets anrücken. Becker zog ihn mit seiner Unerfahrenheit gerne auf.

Mürrisch begab er sich erneut auf den Weg. Obwohl zu Fuß, war er vor seinem Team und der Spusi da. Ungeduldig betrachtete er die Tote von allen Seiten. Nach kurzer Zeit hörte er ein näher kommendes Fahrzeug. Er trat auf den Weg, um auf sich aufmerksam zu machen.

Der Wagen fuhr zügig und stoppte erst kurz vor seinen Knien. Becker zuckte mit keinem

Gesichtsmuskel, Angst kannte er fast nicht, und wenn, bekam sie keiner zu sehen. Ein zweiter Wagen folgte und hielt ebenfalls.

Kris Meier stieg aus dem ersten, lächelte scheu.

„Hallo, Hauptkommissar. Wo ist die Leiche?"

Becker deutete in den Wald. „Morgen, immer der Nase nach. Sicherlich vergeht Ihnen gleich das Lachen."

„Quatsch. Was Sie nur immer haben?"

Wenig später hatte der Ermittler das Vergnügen zu beobachten, wie Meier nach seinem Taschentuch kramte, es jedoch schaffte, seinen Mageninhalt bei sich zu behalten.

„Schlappschwanz", sinnierte Becker. „Erst auf dicke Hose machen und dann keine Eier in derselben haben."

Verlegen wischte Kris Meier sich über den Mund.

„Ich vermute, sie wurde erwürgt", stammelte er.

„Können Sie mir etwas sagen, das nicht offensichtlich ist? Todeszeitpunkt? Name? Adresse? Kontostand? Mordmotiv?", reizte Becker weiter.

„Äh, nein. Sie scherzen, oder?" Irritiert sah der Rechtsmediziner ihn an. „Ich muss die Leiche erst auf meinem Tisch haben und genau untersuchen. Am Montagmorgen haben Sie meinen Bericht."

„Ha, wer scherzt jetzt? Wir haben Freitag früh. In spätestens zwölf Stunden will ich den Obduktionsbericht in Händen halten. Bei der

Aufklärung eines Mordes zählt jede Stunde. Die Uni ist vorbei, willkommen in der Wirklichkeit!"

Okay, das war jetzt etwas grob, aber gesagt ist gesagt. Am Arbeitsplatz musste er nicht geliebt werden.

Meier schnaufte laut, verkniff sich jedoch eine Antwort.

Der Fundort wurde von den Kriminaltechnikern genauestens unter die Lupe genommen, das Laub, mit dem der Leichnam bedeckt war, vorsichtig abgetragen. Als Letztes hoben zwei von Meiers Mitarbeitern die Überreste in einen Metallsarg, und schoben sie in den Leichenwagen, um sie in die Pathologie zu überführen.

„Sehen Sie die Spur?" Der Gerichtsmediziner deutete auf eine Rille im Unterholz.

Becker verspürte keine Lust, dem Jüngeren zu sagen, dass er nicht mit Blindheit geschlagen war.

„Der Wald grenzt an das Grundstück einer Villa, altes Geld, vor zwei bis drei Generationen angehäuft", sagte Becker. „Soviel ich weiß leben oder lebten nur noch die Großmutter des Clans und ein Enkel, wahrscheinlich so um die dreißig. Seine Eltern starben bei einem Verkehrsunfall, als der Junge noch klein war. Ich fahr hin."

„Sollen wir nicht den Kriminaldauerdienst rufen?", fragte Meier.

Verständnislos sah Becker den jungen Kollegen an.

„Warum? Bin ich Pfadfinder?"

„Na, Sie haben doch heute frei."

„Sehen Sie, Herr Meier, das ist der Unterschied zwischen uns. Sie haben einen Job und ich einen Beruf, bin immer bereit. Glauben Sie im Ernst, ich gebe ein eventuelles Tötungsdelikt ab, das sich direkt vor meiner Haustür abgespielt hat?" Ohne ein weiteres Wort marschierte Becker nach Hause, um seinen Wagen zu holen.

Ein schmiedeeisernes Tor versperrte ungebetenen Gästen den Zutritt zu dem hochkarätigen Anwesen. Er parkte am Straßenrand, suchte die Klingel an einer Steinsäule unter einem prunkvollen Schild mit der Aufschrift „Haus Eichstädt". Genau, das war der Name, der ihm vorher nicht einfallen wollte. Wenig beeindruckt drückte er den Klingelknopf. Nichts rührte sich. Abermals läutete er, mit dem Erfolg, dass sich schließlich eine alte Frauenstimme meldete.

„Ja bitte?"

„Hauptkommissar Becker, Kriminalpolizei. Ich habe ein paar Fragen. Öffnen Sie bitte."

„Einen Moment."

Geräuschlos glitten die Flügel des Tores beidseitig nach hinten. Becker blickte die lange Einfahrt entlang, an deren Ende er einen prächtigen Bau ausmachen konnte. Kurzerhand stieg er in seinen schwarzen Flitzer und fuhr die Strecke, gelaufen war er heute schon genug.

Hier versuchten die Bewohner mit dickem Eichenholz Eindruck zu schinden. Becker wollte nicht noch einmal klingeln, weshalb er mit erhobener Faust an die Tür pochte.

„Immer mit der Ruhe, ich bin ja schon da", rief dieselbe Stimme, als sich die linke Seite der doppelflügeligen Eingangstür öffnete.

Eine betagte Frau, schwarz gewandet, längst jenseits des Renteneintrittsalters schaute abwartend zu ihm auf.

„Becker ist mein Name", stellte er sich nochmals vor, zog dabei seinen Dienstausweis. „Und wer sind Sie?"

„Helene Bollinger, die Haushälterin. Treten Sie bitte ein."

„Ist Herr Eichstädt zu sprechen?"

„Ich sehe nach, ob der junge Herr schon wach ist."

Langsam stieg sie die Treppe hoch, was ihr sichtlich schwer fiel. Überzeugt, ein paar Minuten Zeit zu haben, schritt Becker durch eine offenstehende Tür. Ein imposanter Schreibtisch stand mitten im Raum, er trat hinter ihn, so dass er die Tür im Auge behalten konnte. Neugierig schaute er auf den großen Tischkalender. Am heutigen Tag war nur ein Eintrag vermerkt, Notar Dr. Leitner, 11:00Uhr.

„Haben Sie einen Durchsuchungsbeschluss?", riss eine raue Stimme ihn in die Gegenwart.

Da stand der Inbegriff des Mannes, der nichts weiter tun musste, als der Erbe des Familienvermögens zu sein, in der Tür. Eine Hand auf der Klinke, die andere lässig in Schulterhöhe an den Türrahmen gelegt, musterte er den Eindringling geringschätzig von oben bis unten.

„Was wollen Sie hier?", fragte er arrogant.

„Becker mein Name. Hier mein Dienstausweis", antwortete der Polizist trocken, während er ihm selbigen unter die erhobene Nase hielt. „Guten Tag auch", knurrte der Kommissar. Es gefiel ihm, dass der Schönling seinen Kopf senken musste, um das Dokument anschauen zu können. Leicht zitternde Finger fuhren über dunkle Augenringe. Zeugen schlechten Schlafs oder Sorgen? Beckers Verstand registrierte alles. „Es geht um Frau Eichstädt. Mit wem habe ich das Vergnügen?"

„Ihr Enkel und einziger Nachkomme. Karl Eichstädt." Er deutete eine süffisante Verbeugung an.

„Meine Großmutter ist verreist. Ich erwarte sie nächste Woche zurück."

„Nun, ich befürchte, sie ist einem Verbrechen zum Opfer gefallen und würde es begrüßen, wenn Sie heute ins Präsidium kämen. Ich gehe dann mit Ihnen zur Pathologie. Sie müssten die Tote gegebenenfalls identifizieren."

„Sie verschwenden meine Zeit. Bestimmt handelt es sich um eine Verwechslung."

„Ich fürchte nicht. Hier ist meine Karte. Dreizehn Uhr, und bitte pünktlich."

„Wenn Sie darauf bestehen." Der zusammengepresste Mund machte es Becker leicht, Karl Eichstädts Unwillen zu erkennen. Eichstädt schien sich der Höflichkeit zu erinnern und begleitete den Polizisten hinaus. Ehrfurchtsvoll grüßte ein alter Mann in grüner Latzhose, der in einem Blumenbeet arbeitete.

„Guten Morgen, Herr Eichstädt, wünsche angenehm geruht zu haben."

„Morgen, Hermann, nur bis dieser nette Herr mich geweckt hat." Der Gärtner nickte und wandte sich wieder seinen Pflanzen zu. Körpergröße und Kraft des älteren Mannes waren schwer einzuschätzen.

Becker ergatterte den letzten freien Parkplatz vor dem Präsidium. Der eitle Snob fuhr in einem Porsche vor. In einem Nebengebäude des Präsidiums war die Pathologie untergebracht. Sie liefen einen langen Gang hindurch. Eichstädts überhebliche Haltung wurde von Unsicherheit überschattet.

Heimvorteil, grinste Becker still in sich hinein. Es war kühl und roch nach Desinfektionsmittel.

„Nun, Herr Meier, was sagt uns die Dame?", fragte er den Pathologen. „Das hier ist der Enkel. Er soll sie identifizieren."

Kris Meier entfernte das Laken über dem Kopf der Leiche.

„Treten Sie näher", forderte Becker.

Karl Eichstädt kam zögernd heran. Der Ermittler stand schräg hinter ihm, konnte hören, wie er schwer schluckte. „Sie ist es", hauchte er. „Meine letzte

Blutsverwandte. Finden Sie den Täter, finden Sie die Person, die dafür verantwortlich ist!"

„Keine Angst. Das werde ich. Meine Aufklärungsrate ist hoch." Becker sah ihn scharf an. Seine blauen Augen blitzten. „Sie können gehen."

Der junge Mann schlurfte hinaus, haltsuchend stützte er sich am Türrahmen ab.

„Ich hab schon bessere Schauspieler gesehen", knurrte Becker, als die Tür hinter Eichstädt ins Schloss fiel.

„A-also", stotterte der Pathologe, „wie Sie bereits am Tatort vermuteten, wurde sie erwürgt. Todeszeitpunkt vor vier Tagen, äh, eventuell drei, ist bei der Hitze schwer zu sagen. Vielleicht Raubmord bei einem Waldspaziergang. Sie trug keinen Schmuck außer diesem einen Ring, der sich nicht abziehen ließ." Er deutete auf den dicken Klunker, der in einer Schale lag. „Die Spurensicherung fand in der Nähe eine Geldbörse. Papiere, Münzgeld, keine Scheine. Der Bericht liegt auf Ihrem Tisch."

Kommissar Becker sah sich um. Bei dem Ring lag die Kleidung der Toten. Ein elegantes, zeitloses Kostüm, nach dem Etikett zu urteilen teuer, keine Stangenware, daneben ein Paar Hausschuhe.

„Danke, Meier." Zuverlässiger als eine Uhr zeigte Beckers Magen die Mittagszeit an.

Nach einer Portion Spaghetti bei seinem Stammitaliener trug er die Fakten in das ihn stets begleitende Notizbuch ein. Sowas brachte Ordnung in den Kopf.

Am Nachmittag fuhr Becker wieder zur alten Villa, läutete und wartete geduldig, er wusste jetzt, die betagte Helene brauchte ihre Zeit.

„Frau Bollinger, ich möchte mich gerne mit Ihnen unterhalten", trug er seine Bitte vor.

„Das dachte ich mir. Kommen Sie mit in die Küche, ich muss das Abendessen vorbereiten. Was wollen Sie wissen?" Ächzend ließ Helene Bollinger sich auf einen Stuhl fallen, nahm Messer und Kartoffel zur Hand und schälte routiniert eine nach der anderen.

Hauptkommissar Becker lehnte an der Arbeitsplatte ihr gegenüber.

„Frau Eichstädt hatte um elf Uhr einen Termin mit Dr. Leitner. Haben Sie eine Ahnung, was der Grund des Treffens sein sollte?"

„Sophie hatte Karls Faxen satt."

Becker horchte auf. „Sie nennen Frau Eichstädt beim Vornamen?"

„Ja, wir waren fast gleich alt. Ich kam als junges Mädchen in dieses Haus. Sie war oft allein, und wir freundeten uns an. Ich wurde zu ihrer Vertrauten."

„Karl Eichstädt ist der Alleinerbe?"

„Ja, er hat mehr Glück als Verstand. Das kann er auch brauchen."

„Wie meinen Sie das?"

„Spielschulden." Eine weitere Kartoffel landete in der Schüssel.

„Und weshalb Glück?"

Helene Bollinger sah erschöpft auf.

„Ich wunderte mich, dass sie vor drei Tagen plötzlich verschwand. Karl meinte, sie wäre in einem Wellnesshotel, geglaubt habe ich es ihm aber nicht. Sophie wollte alles dem Tierheim vermachen, das ganze Vermögen sollte in eine Stiftung umgewandelt und das Anwesen zu einem Gnadenhof umgebaut werden. Das wollte sie heute mit Notar Leitner besprechen. Nur einen Tag später, ein einziger Tag, und er wäre leer ausgegangen."

Becker zog hörbar die Luft ein.

„Danke, Frau Bollinger, Sie haben mir ein gutes Stück weiter geholfen. Wo finde ich Herrn Eichstädt?"

Die Haushälterin sah auf die Uhr. Missmutig sagte sie:

„Um diese Zeit bereitet der junge Herr sich mit Hilfe drei bis vier Aperitifs auf das Abendessen vor, als ob ich so schlecht kochen würde. Im Salon, dritte Tür links."

„Danke." Becker verließ die Küche und folgte dem gewiesenen Weg. Er klopfte und trat ohne eine Antwort abzuwarten ein.

„Ich habe gehört, Ihre Großmutter wollte Sie enterben?", fragte er ohne Umschweife.

„Ach Gott, ja. Das sagte sie seit Jahren und hatte es nie getan", meinte Eichstädt.

„Mir scheint, heute wollte sie Ernst damit machen."

30

„Wer behauptet das? Die alte Bollinger oder ihr Handlanger fürs Grobe, der dumme Gärtner? Wem hätte es denn am meisten geschadet? Mir nicht. Ich habe schon mit achtzehn Jahren alles geerbt, was mein Vater bei seinem Tod hinterlassen hat."

„Wem hätte es denn geschadet?", nutzte Becker die Gesprächigkeit Eichstädts und gab dessen Worte zurück.

„Na, Helene und Hermann. Den beiden hat die Alte immer versprochen, sie seien bis an ihr Lebensende versorgt. Und jetzt, tata, sollte alles für die Viecher sein." Er nahm einen kräftigen Schluck aus seinem Whiskyglas.

„Wir sehen uns. Einen schönen Abend noch", wünschte Becker, er hatte fürs erste genug gehört. Eichstädt pfiff leise, jedoch nicht zu überhören, eine alte Melodie. Reinhard Meys „Der Mörder ist immer der Gärtner".

Aber nein, das wäre zu einfach. Sicher hatte er irgendeine Kleinigkeit übersehen. Der Polizist fuhr nach Hause und stellte sich unter die heiße Dusche, dort hatte er oft die einfachsten Zusammenhänge nach vorherigem Nichtbeachten erkannt. Becker stellte das Wasser ab. Dampf waberte durch den Raum, der Spiegel war beschlagen. Nach dem Abtrocknen warf er sich den Bademantel über und schlüpfte in seine Hausschuhe.

Plötzlich ein Bild im Kopf, das noch nicht ganz zu greifen war.

„Jetzt konzentrieren, nicht den Faden verlieren, ihn finden und festhalten. Ja, das ist es!", rief er aus.

In Windeseile zog er sich an und raste zur Villa. Das Einfahrtstor war geöffnet. Eichstädt stand in der offenen Eingangstür.

„Hauptkommissar, machen Sie nie Feierabend?"

„Nein, solange ein Fall ungelöst ist, kann ich eh nicht schlafen. Sophie Eichstädt wurde hier ermordet und dann im Wald abgelegt."

„Wie kommen Sie darauf? Und wer sollte so etwas Furchtbares tun?"

„Sie, Frau Bollinger oder Herr Daubner. Da bin ich mir noch nicht sicher. Ein Motiv hätte jeder von Ihnen. Der oder die Mörder haben ein Detail übersehen. Die Tote trug Hausschuhe. Sie wurde erwürgt und dann in den Wald getragen oder vielleicht auch in einer Schubkarre transportiert." Rechtzeitig fiel ihm die Rille im Waldboden ein.

„Nein! Das glaub ich nicht. Sie denken, meine arme Großmutter wurde von Hermann um die Ecke gebracht. Dann hat Helene ihn bestimmt angestiftet, allein wäre er darauf nicht gekommen."

„Was ich glaube, möchte ich noch nicht verraten. Die Haushälterin ist sicherlich in der Küche? Sie bleiben hier, ich komme gleich wieder. Bemühen Sie sich nicht, ich kenne den Weg."

Becker wandte sich ab, um zielstrebig die Küche zu betreten.

„Auf ein Wort", eröffnete er das Gespräch.

„Ja, was denn, Herr Kommissar?" Die Haushälterin spülte eine Pfanne und schaute nur kurz über die Schulter in seine Richtung.

„Herr Eichstädt behauptet, dass die Verstorbene Ihnen und Herrn Daubner eine Erbschaft in Aussicht gestellt hat. Das wäre ein schönes Mordmotiv. Habgier."

Helene Bollinger stellte das Kochgeschirr in den Abtropfbehälter und drehte sich um.

„Der junge Herr hat es gerade nötig. Mit Gier kennt er sich aus. Nur, was der nicht wusste, Sophie wollte uns und somit dem Fiskus die Erbschaftssteuer ersparen, weshalb sie Hermann und mir schon vor mehr als zehn Jahren eine überaus großzügige Schenkung machte. Jetzt können wir getrost gehen. Für den verwöhnten Tunichtgut werden wir nicht arbeiten. Nur die Loyalität Sophie gegenüber hat uns hier noch gehalten. Wir bleiben bis nach der Beerdigung. Wissen Sie, Sophie hatte es satt, wieder und wieder für Karls Spielschulden aufzukommen. Das Erbe seines Vaters war lange verspielt, jetzt wäre ihr Geld dran gewesen." Sie knüllte ihr Taschentuch in den Händen und sah den Kommissar abwartend an.

„Ich werde Herrn Eichstädt mitnehmen."

„Wird ihn niemand vermissen." Helene Bollinger arbeitete weiter, und Becker suchte seinen Verdächtigen. Er fand ihn in der Bibliothek, ein Glas Rotwein neben sich.

„Genießen Sie ihn, ich befürchte, es wird für lange Zeit Ihr letzter sein. Ich möchte Sie bitten, mich zum Präsidium zu begleiten."

Eine knappe halbe Stunde später war das Verhör in vollem Gang und Becker in seinem Element.

„Herr Eichstädt, Sie können entweder ein Geständnis ablegen oder über Nacht in einer kalten Zelle schmoren. Das macht für mich keinen großen Unterschied. Fakt eins ist, Ihre Großmutter wurde im Haus umgebracht. Fakt zwei, Sie sind der Einzige, der von Ihrem Tod profitieren würde. Also, was höre ich?"

Der Hauptkommissar hörte nichts. Genervt stand er auf.

„Na gut. Schluss für heute." Ohne ein weiteres Wort verließ der Polizist den Verhörraum.

„Das können Sie nicht machen! Sie können mich hier nicht allein lassen", schrie Eichstädt ihm nach. Die Tür fiel ins Schloss. Becker beobachtete ihn durch die verspiegelte Scheibe.

„Hey. Hallo. Kommen Sie zurück!" Eichstädt war aufgesprungen und hämmerte an die Metalltür.

„Okay, die Fassade bröckelt", meinte Becker zu einem Kollegen. Eichstädt randalierte kurz, bevor er sich auf einen Stuhl fallen ließ und in sich zusammensackte.

Becker betrat den Raum, blies gedankenverloren in seinen Kaffee, den er sich vorher aus dem Automaten gezogen hatte. Eine ekelhafte Plörre, die ihn das Gesicht verziehen ließ. Er schaute nach oben und zählte die Neonröhren. Er drängte sein Gegenüber nicht, vermittelte ihm den Eindruck, alle Zeit der Welt zu haben.

Irgendwann brach es aus Eichstädt heraus. Er schluchzte auf und schrie: „Ja, ich war's. Ich hab sie umgebracht. Und es war so schön, als sie endlich nichts mehr sagte. Ich hab nur noch zugedrückt, bis ihre Augen aus den Höhlen quollen und sie kapiert hatte, dass es jetzt aus war. Mit weißen Handschuhen bin ich an sie herangetreten, ich konnte, nein, ich wollte sie nicht mehr berühren. Ihre jahrzehntelangen Demütigungen, nichts konnte ich ihr recht machen. Sie gab mir für den Tod meiner Eltern die Schuld, weil ich meinen Vater, ihren einzigen Sohn, vom Verkehr abgelenkt hätte. Aber ich war noch so klein, fünf Jahre alt. Mein ganzes Leben bestand nur aus diesem einen Vorwurf." Er hieb mit der flachen Hand auf den Tisch. „Und heute der Termin mit ihrem Notar. Das konnte ich nicht zulassen. Ich habe mir das Erbe mehr als verdient. Es steht mir zu!"

Nach diesem Geständnis drückte Becker die Stopptaste seines Aufnahmegerätes und winkte dem jungen Beamten an der Tür zu.

„Dachte ich mir. Morgen werden sie dem Haftrichter vorgeführt. Wünsche angenehme Nachtruhe. Abführen."

Helianthus

Elly gönnte sich eine Auszeit von einer Stunde, wanderte durchs Dorf, bis sie auf einer Anhöhe an ein Feld kam, auf dem eine Sonnenblume neben der anderen stand. Nach dem Stress des Vormittages benötigte sie Ruhe und Einsamkeit zum Auffüllen ihres fast leeren Akkus. Ausgetretene, von vielen Menschen plattgewalzte Wege waren nicht ihr Ding.

„Wenn alle etwas machen, muss es noch lange nicht richtig sein", dachte Elly. Den Pfad verlassend, spazierte sie querfeldein. Bald umgaben nur noch Sonnenblumen die aufatmende Frau, einige überragten sie. Den Kopf in den Nacken legend sah Elly grün, gelb, braun, und dazwischen blitzte der leuchtend blaue Himmel durch.

„Ihr habt es gut." Der Gedanke kam leise über ihre Lippen.

„Meinst du?" Die unerwartete Frage traf wie der sprichwörtliche Blitz aus heiterem Himmel. Elly senkte den Blick, spähte durch die dichtstehenden Stängel, versuchte zu ergründen, wer gesprochen hatte.

„Jetzt höre ich schon Stimmen. Ich brauche Urlaub, und zwar dringend."

„Warum?" Wieder der geheimnisvolle, jedoch sehr angenehme Tonfall. „Ich bin Sonja Helianthus, die

Sonnenblume. Hast du Zeit für ein Gespräch?" Die Blume dicht vor ihr beugte den Kopf.

Das Blumenkind Elly beschloss das Experiment zu wagen und antwortete neugierig:

„Ja, oder eher nein. Ich habe immer zu wenig Zeit und so viel Arbeit, aber wann hat man schon mal die Möglichkeit, mit einer Sonnenblume zu sprechen? Eigentlich wäre ich sehr gerne als eine von euch zur Welt gekommen."

„Stell dir das mal nicht so lustig vor. Mein Leben ist auf keinen Fall nur eitel Sonnenschein. Da gibt es hektische Menschen mit kleinen, scharfen Messern. Sie behaupten, Freund von Flora und Fauna zu sein, trennen uns jedoch von den so wichtigen Wurzeln. Welcher Freund amputiert einem die Basis? Sie zwängen uns in enge Vasen, keine frische Luft, mit Glück ein Wasserwechsel pro Tag. Aber ist das Leben?"

„Aber ihr müsst nichts tun", begehrte Elly auf.

„So? Meinst Du? Schon als ganz kleiner Same, mein Bewusstsein erwachte gerade, wurde ich zentimeter-tief in den Dreck gedrückt. Das war nicht schön. Ich musste kämpfen, um ans Tageslicht zu gelangen, und dann sah ich, da waren noch viele von meiner Art. Also fing der Kampf des Lebens erst an, jeder wollte größer werden, am meisten Sonne abbekommen. Und dabei hatte ich oft nasse Füße." Sonja stöhnte theatralisch.

Elly ließ sich nicht beirren und klagte weiter ihr Leid:

„Letzte Woche wurde ich sogar als kleiner, garstiger Hobbit bezeichnet. Eine Frau mit weniger Humor wäre sicher tödlich beleidigt gewesen."

„Klein sein ist schön." Beinahe sang Sonja Helianthus den Satz, wiegte sich hin und her. „Überleg mal, wie viele Dinge nur klein, schön sind."

„Mein Kontostand könnte größer sein", sinnierte das menschliche Blumenkind leise.

„Fällt dir wirklich gar nichts ein?", bohrte Sonja.
Ein kurzes, knappes: „Nein."

„Nehmen wir nur mal diesen leichten Sommerwind, der sanft durch das Feld streicht. Ist er nicht um einiges angenehmer als ein tobender, wütender, brausender Sturm, der uns alle flachlegen, abknicken und an den Boden pressen würde?"

„Ja, wenn man es so sieht", lenkte Elly ein.

„Wie du es siehst, ist deine Wahl. Oder ein kleiner, putziger Welpe. Mit seinen tollpatschigen Bewegungen ist er herrlich anzusehen. Sein dichtes Fell zwischen den Fingern spüren, das verhutzelt ein paar Nummern zu groß erscheint und sich erst noch füllen muss. Viel schöner als ein ausgewachsener Rottweiler, den möchte keiner in der Wohnung haben.

Und das andere, garstig sein, macht doch Spaß. Wobei, oft wird das mit Ehrlichkeit verwechselt. Was soll's? Die Ohren überleben es, das Hirn lacht darüber und du verhütest ein Magengeschwür."

„Und ich dachte immer, als Sonnenblume hat man keine Sorgen", stöhnte Elly laut.

„Wer hat das gesagt? Warst du schon mal eine? Möchtest du noch immer eine von uns sein?"

„Ich glaube nicht. Meine zweite Wahl einer Daseinsform wäre Elfe gewesen", vertraute Elly der Sonnenblume leise an.

„Hahaha hihihi", Sonja Helianthus wackelte mit dem dicken Kopf, so dass der gelbe Blütenstaub nach unten rieselte.

„Hör mir auf mit denen. Diese kleinen, fliegenden Nervensägen springen doch nur federnd von Blatt zu Blatt ohne Sinn und Verstand. Mit ihren hohen, piepsigen Stimmen vertreiben sie die Insekten, die so wichtig für die Fortpflanzung sind."

Mit offenem Mund starrte Elly zu Sonja hoch. So hatte sie noch nie jemand über Elfen reden hören.

„Aber sie sind doch so süß."

„Wie viele kennst du? Ach, wenn ich nicht angewachsen wäre, würde ich hüpfen, so lustig finde ich das.

Aber jetzt mal im Ernst. Wie alt bist du? Ich kann schwer etwas oder jemanden schätzen, der älter als sechs Monate ist. Bist du dreißig?"

Elly fühlte sich geschmeichelt, wollte jedoch ehrlich zu dieser besonderen Blume sein. Leise sagte sie:

„Ein bisschen älter, so um die fünfzig."

„FÜNFZIG!", schrie Sonja Helianthus, alle umstehenden Blumen drehten die Köpfe in ihre Richtung.

„Da hast du aber ganz gewaltiges Glück gehabt, als Mensch geboren worden zu sein. Keiner in unserer

Familie wurde älter als ein paar Monate. Du wärst demnach schon seit ungefähr neunundvierzigeinhalb Jahren tot."

Elly schnappte nach Luft. Fast hätte sie wieder gesagt: *Wenn man es so sieht*. Wie hatte Sonja sich ausgedrückt? Es sei ihre Wahl, wie sie etwas sah.

„Also, vielleicht hast du Recht. Das Leben als Mensch hat auch seine guten Seiten."

„Na klar. Und wenn dich mal wieder jemand als kleiner Hobbit bezeichnet, dann denke dir: „Ich brauch mich weniger weit runterbücken, wenn was auf den Boden fällt. Und du kannst so richtig schön mit dem Fuß aufstampfen. Das kann ich nicht, und einer Elfe fehlt dazu die Masse."

„Stimmt. Das kann ich nur, weil ich ein Mensch bin, und die sind eben nicht immer nett. Wenn nochmal jemand garstiger, kleiner Hobbit sagt, antworte ich freundlich „danke"."

„Genau. Das ist die perfekte Einstellung. Du kannst nicht von allen geliebt werden und musst es auch nicht jedem recht machen. Das schafft sowieso keiner, versuch es erst gar nicht."

„Ich muss jetzt gehen, hab noch so viel zu erledigen." Elly wandte sich um.

„Die Arbeit läuft dir nicht davon."

„Ja, leider." Elly suchte einen Weg durch das Sonnenblumenlabyrinth. Nach wenigen Metern schaute sie über die Schulter zurück, wollte noch einen Blick auf die sprechende Sonja Helianthus werfen. Sie konnte es nicht, denn alle Blumen sahen gleich aus.

Hatte sie das wirklich erlebt und dieses Gespräch geführt, oder spielte ihr die Phantasie einen Streich?

„Was soll`s?", dachte sie. „Die Pause hat mir gut getan. Ich habe wieder Schwung und Energie für meinen Job." Sie betrat ihren Arbeitsplatz mit einem Lächeln auf dem Gesicht, denn sie war mit sich im Reinen, fand sich gut so, wie sie war.

„Morgen gehe ich wieder dorthin", dachte Elly. Sie wollte mehr Zeit in der Natur verbringen.
Aber morgen ist immer ein Tag in der Zukunft. Als es ihr nach Wochen endlich gelang, eine Stunde für sich abzuzwacken um zum Blumenfeld zu laufen, fand sie weder Sonja noch sonst eine ihrer Artverwandten. Lediglich ein paar auf dem Boden liegende Sonnenblumenkerne zeugten von den gelbbraunen Riesen. Elly dachte an Sonjas Satz von der geringen Lebenserwartung in deren Familie. Traurig setzte sie sich auf einen Stein am Rande des Feldes und grübelte über verpasste Gelegenheiten nach.

Mit der Schuhspitze ritzte sie eine Furche in den Boden, hob schließlich drei Samen auf, befühlte die leicht rauen Schalen. Und wenn ihre Sorgen drohten, sie sprachlos zu machen, oder eine Schnappatmung heraufbeschworen, die Sehnsucht nach einem Gespräch mit Sonja unerträglich wurde, dann wollte sie den Kernen ihre Probleme anvertrauen.

Sie wollte Freundschaften pflegen, und Menschen, die sie mochte, wollte sie das auch sagen. Dann fiel ihr ein weiterer wichtiger Satz von Sonja Helianthus ein. „Du hast Glück, ein Mensch zu sein", oder so ähnlich.

„Ja genau", gab Elly der nicht mehr anwesenden Sonja Recht. „Ich kann reisen, obwohl ich Wurzeln habe, aufstampfen und tanzen, schreien und singen. Und wenn ich Lust dazu habe, kann ich ein kleiner, garstiger Hobbit sein oder auch ganz lieb." Nach einigen tiefen Atemzügen trat Elly den Heimweg an. Unbedingt wollte sie zur nächsten Blütezeit der Sonnenblumen wieder hier sein. Vielleicht traf sie ja auf Sonjas Töchter, und vielleicht konnte eine davon sprechen.

Lob eines Lyrikers

... klingt wie Martin Walsers „Tod eines Kritikers", aber hier soll der Lyriker loben, nicht sterben.

Der Reporter Daniel Corner schrieb den Artikel für die Tageszeitung, bei der er arbeitete, und - seine Kündigung. Diese speicherte er auf seinem PC, schickte sie jedoch nicht ab. Die Zeit war noch nicht reif dafür. Aber irgendwann würde der passende Zeitpunkt, wie für alles, da sein. Dann war er gewappnet. Das gefiel ihm an sich, dieses „vorbereitet sein wollen" auf eventuelle Möglichkeiten.

Den Versuch, der angestrebten und ach so anstrengenden Perfektion nahe zu kommen, konnte er nicht abstellen. Ob er jeweils auf die eintretenden Ereignisse vorbereitet war, zeigte sich erst dann, wenn es soweit war. Meist konzentrierte er sich auf alles andere, nur nicht auf das Wesentliche.

Er träumte von einem neuen Betätigungsfeld. Vielleicht ein Buch schreiben? Ein Traum seit Kindertagen. Oder erstmal mit einer Geschichte anfangen. Das machte ihm schon in der Schule große Freude.

Aber auch da gab es dunkle, ihn immer wieder heimsuchende Erinnerungen.

Einmal lautete die Aufgabe eines Aufsatzes, eine Bildergeschichte fertig zu erzählen. Das war einfach, es machte ihm sogar Spaß. Er wollte nicht das schreiben, von dem er dachte, die Lehrerin erwartete es so. Schon damals war er nicht „mainstream", obwohl er das Wort zu diesem Zeitpunkt noch gar nicht kannte. Daniel dachte, er sei anders als die anderen, was übersetzt auch heißen konnte, er gehöre nicht dazu. Er befürchtete, mit dem Schreiben des Aufsatzes nicht hinterher zu kommen, weshalb sein Füller schnell über das Papier flitzte, worunter die Schönschrift litt. Ein Lob bekam er nie, das zermürbte ihn. Aber das was ihn ein Leben lang verfolgte, war der Kommentar seiner damaligen Lehrerin: „Thema verfehlt". Das fand er sowas von daneben. Das ging gar nicht. Das durfte sie nicht. Dazu hatte sie kein Recht, ihm mit diesen zwei Worten den Saft abzudrehen.

Bis dahin hatte er sich auf jeden Aufsatz gefreut.

Wenn nur sechs Bilder den Beginn einer Handlung darstellten und danach sollten die Schüler „das Große und alles Möglichmachende Punktpunktpunkt" weiterspinnen, musste einfach jeder Ausgang erlaubt sein. Eine Beurteilung mit „Thema verfehlt" war das einzig Falsche an der ganzen Klassenarbeit.

Jetzt, dreißig Jahre später, lebte die Frau, deren Namen er nicht nennen mochte, schon lange nicht mehr. Beim Überqueren eines Zebrastreifens wurde sie von einem PKW mit überhöhter Geschwindigkeit angefahren, auf der Motorhaube unfreiwillig mitgenommen und starb wenig später an den Folgen des Unfalls. Sport hatte sie nie unterrichtet, sonst hätte ein gekonnter Stunt die Möglichkeit des Überlebens geboten.

Auf dem Zebrastreifen überfahren. Das muss man sich mal auf der Zunge oder im Ohr zergehen lassen. Wäre Daniel heute sarkastisch, könnte er jetzt ganz trocken sagen: „Thema verfehlt". Aber man soll ja nichts Böses von oder über Tote sagen. Warum eigentlich nicht? Durchs Sterben ist noch keiner heilig geworden.

Was hinderte ihn also daran, eine Story zu schreiben? Diese Frau bestimmt nicht mehr, sie konnte höchstens noch als eine Randfigur dienen. Fünf Jahre hatte er sie täglich gesehen, aber das war lange vorbei.

Das Leben schenkte ihm neue Lehrer. Sie konnten älter, gleich alt oder auch jünger sein. Daniel schrieb. Nach ein paar Jahren traute er sich sogar in einen Autorentreff. Interessante Menschen lernte er kennen. Sicher meinten es alle gut mit ihm. Neid stand dort nicht auf der Tagesordnung. Er konnte schreiben, hatte Eloquenz, Oscar Wilde und Thomas Mann gelesen. Übte laut wochenlang im Stehen, Laufen, Sitzen, nahm es auf, spielte es ab, hörte es an. Auf der Suche nach der einen Betonung, die nicht da war.

Da war er wieder, der Versuch perfekt sein zu wollen.

Zu Hause konnte er genial den Tonfall modulieren. Vom Flüstern zum Schrei war alles dabei. Vor fremdem Publikum konnte es noch funktionieren, doch bei Menschen, die über ihn unter dem Deckmantel der konstruktiven Kritik urteilten, sträubte sich schon beim Hören derselben sein Trommelfell, und die Ohren wären, wenn möglich, zugeklappt.

Die Kritik war sicher nur hilfreich gemeint, aber Lob vertrug er, auch wenn er es oft nicht so ernst nahm, einfach besser. Dummerweise betraf es oft die Menschen, deren Zustimmung er herbeisehnte. Ein Lob des Lyrikers, ein Traum. Sicher war das Gesagte fürsorglich, helfend und beratend gemeint - deshalb tat es nicht weniger weh.

Bei einer zweitägigen Lesung las Daniel, der, wie er glaubte, Schriftsteller, aus voller Brust, oder versuchte es zumindest, aus seinem Buch vor. Das Ergebnis nach einem Tag: „Du bist zu leise."

Daniel Corner überlegte lange, ob er vor seinem Auftritt am nächsten Tag in seinen kleinen roten Flitzer hüpfen und auf und davon brausen sollte. Einfach abhauen, einfach gehen. Zu feige zum Gehen, Panik beim Bleiben. Er ging nicht. Die Angst lähmte ihn. Angst sich zu versprechen, zu schnell, zu leise, zu wenig Betonung, zu lasch zu sein. Zu viele *Zus*. Es konnte so vieles schief gehen.

Er stand schon einmal auf der Theaterbühne, und ein Freund im Zuschauerraum litt mit ihm und dachte: Jetzt kippt er gleich um. Das tat er nicht, aber auftreten auch nicht mehr. Im nächsten Stück der Theaterlaienspielgruppe wirkte er nur noch hinter der Bühne mit.

Das Buch, das er geschrieben hatte, musste aus Blei sein. Der einzige Prosaautor, der bei der Veranstaltung an diesem Wochenende nur ein Buch verkaufte, und das war eine Anthologie, in der ganze vier Seiten von ihm waren.

Am Abend überlegte er, seinen PC mindestens eine Woche mit Nichtbeachtung zu strafen, zumindest das Schreibprogramm. Und dann? Schreiben ja, Vorlesen nein. Ginge das? Wozu sollte er sich diesen Stress antun? Auch im Autorentreff hatte er schon mehrere Monate nichts vorgelesen.

Daniel Corners Freund, der sich an guten Tagen gerne auch mal Revo nannte, hatte die Überlegung aufgestellt: „Zurückziehen aus der Welt ist auch keine Lösung."

Also sinnierte Daniel, warum ihm die Kritik des Lyrikers so zu schaffen machte.
Ist es, wie so oft, wieder mal der Mann an sich? Groß, laut, selbstbewusst, wie er, Daniel, gerne wäre.

Aber er wollte seine Protagonisten Weisheiten vermitteln lassen, das musste doch auch dezenter möglich sein. Man stelle sich einen schreienden Guru vor, oder Buddha, der seine Jünger verbal an die Wand schmettert. Nein, das passt nicht.

Vielleicht ist die Aufmerksamkeit der Preis, den ein Zuhörer entrichten muss.

Ein Gedichtschreiber muss auch nur ein bis zwei Seiten kraftvoll vorlesen. Prosa dauert länger, da kann man durchaus flacher werden. Es fällt etwas ab.

Und jetzt mal so ganz allgemein. Vielleicht sollten wir Unterschiede betonen. Der Lyriker ist der Lyriker, Daniel ist Daniel.

Ein paar Leute meinten, er habe gut gelesen. Innere und äußere Stimmen vermuteten, der Lyriker höre etwas schlecht, was schon recht frech war. Eine gute Fee hatte Daniel zugeflüstert, er solle sich an den Satz „Fortschritt statt Perfektion" halten. Das genüge. Einfach immer weiter machen, besser werden und niemals aufgeben.

Der Tag wird kommen, an dem alle ein Lächeln um die Mundwinkel haben, wenn Daniel eine Kurzge-schichte gelesen hat. Er weiß es. Er wird stärker. Und dann wird auch der Lyriker lächeln.

Veggie-Vampy

Brian fühlte sich schwach, als ihn der Wecker um zweiundzwanzig Uhr aus dem Schlaf riss. Es war Hochsommer, die Sonne vor einer halben Stunde untergegangen. Die Nacht musste sich anstrengen, den schwindenden Tag zu vertreiben. Schon seit mehreren Nächten hatte Brian keine Nahrung zu sich genommen, sein Magen knurrte. Trotz intensiver Suche hatte er einfach nicht das ideale Objekt gefunden. Zügig nahm er die Gestalt eines Nebelfetzens an und glitt ins Dunkel hinaus. Ein Vorteil seines Vampirdaseins.

Parfümduft stieg ihm in die Nase, noch bevor er sie sah, darunter das unwiderstehliche Aroma frischen, gesunden Blutes.

Sie blieb stehen, drehte sich um, starrte in seine Nebelwolke. Aber er wusste, sie konnte nichts von ihm erkennen, obwohl sie direkt seine Augen fixierte. Ein weiterer Vorteil eines Vampirs. Die ausgesandten Endorphine wirkten auf jedes menschliche Wesen anziehend.

Ungeduldig rief ihr Begleiter, der vorausgelaufen war, nach ihr.

„Marla, kommst du? Was ist denn?" Der Mann schaute sie an.

Brian ließ ihren Namen auf seiner Zunge zergehen. Marla. Anmutig wie eine Grazie, dunkle Augen, schwarze Haare. Sie gehörte bereits ihm, wusste es nur noch nicht.

Marla folgte dem Mann, nahm ihn in Augenschein. Auf Brian wirkte es, als überlege sie, was sie an ihm finde. Oft sah der Vampir an der Seite unscheinbarer Männer die verführerischsten Frauen, was ihm noch mehr Antrieb verlieh, seinen unwiderstehlichen Glückshormonen freien Lauf zu lassen.

Er folgte den beiden. Unsichtbar, lautlos, wie ein schwarzer Schatten in den Straßen der Nacht.

Nach wenigen Metern wurde das Gespräch des Paares lauter, artete zum Streit aus. Marla brachte Abstand zwischen sich und den Typen, schubste ihn von sich, als er sie umarmen wollte.

„Geh nach Hause! Lass mich in Ruhe! Ich weiß nicht, was mit mir los ist. Ich muss allein sein!", schrie sie ihn an.

Es wirkte, Brian grinste in sich hinein.

Menschen drehten sich um, boten ihre Hilfe an, fragten, ob sie belästigt werde.

Marla wehrte ab, wollte nur weg. Sie rannte an den beleuchteten Schaufenstern vorbei, hinein in einen dunklen Park, auf dessen anderer Seite ihre Wohnung lag. Sie ließ den verdutzten Mann, der sich vermutlich auf einen gemütlichen Ausklang des Abends gefreut hatte, sprachlos zurück.

Brian folgte dem Objekt seiner Begierde, spürte ihre Erregung steigen. Mit scharfen Augen erkannte er, wie sich in ihrem Nacken eine Gänsehaut bildete. Er sprang in die Luft, nahm menschliche Gestalt an und landete sanft vor ihr auf dem Boden. Sie stürmte regelrecht in ihn hinein.

Er umfing seine Zukünftige mit starken Armen, übernahm mit einem hypnotisierenden Blick die Kontrolle über ihren Körper, dann senkte er langsam seinen Kopf. Den Biss in die Halsschlagader nahm sie nicht wahr. Für die Menschheit war sie verloren, nun gehörte sie dem Schattenreich an. Ihre Freunde würde sie nie wieder sehen.

Der Vampir breitete seinen weiten Mantel aus, und erhob sich samt Beute in den Nachthimmel. Im Schlafgemach bettete er Marla behutsam auf die mit schwarzem Satin bezogene Schlafstätte. Bleich lag sie vor ihm. Die Blässe stand ihr gut, brachte das dunkle Haar noch besser zur Geltung. Mit Riechsalz erweckte er ihren Geist zu neuem Leben.

„Wo bin ich?", stammelte sie benommen.

„Bei mir", sprach der Blutsauger zärtlich. „Ich bin Brian, willkommen im Reich der Vampire."

Er reichte ihr einen Silberbecher, in dem eine rote Flüssigkeit schimmerte. „Trink, es wird dich stärken."

„Was ist das?" Angeekelt verzog sie den Mund, skeptisch zog sie die Brauen zusammen. Sie wollte den Becher nicht nehmen.

„Lebenssaft. Die Nahrung deiner Zukunft. Genieße ihn, er hat genau siebenunddreißig Grad."

Brian hielt das Gefäß an ihre Lippen, stützte den Hinterkopf, nickte ihr zu mit seinem ganz besonderen Blick, dem sie nichts zu erwidern vermochte. Sie nahm einen Schluck, schmeckte das Metallische, machte sich auf diese Art unwiderruflich zur Gefährtin auf Nichtlebenszeit.

„Mein Gott, was habe ich getan?", schrie sie. „Ich bin seit meinem zwölften Lebensjahr Vegetarierin!"

„Naja, das dürfte jetzt vorbei sein. Du bist gestorben und hast nun ein neues Leben begonnen. Menschenblut wird zu deinem Lebenselixier werden, als Option könnte ich dir aber auch Tierblut anbieten, ist allerdings nicht so nahrhaft, du würdest Hunger leiden." Er ließ ein diabolisches Grinsen über sein Gesicht gleiten.

„Niemals", fauchte Marla mit blitzenden Augen.

„Es muss andere Möglichkeiten geben." Er sah ihr an, wie sie fieberhaft überlegte. „Rote Bete oder Blutorangen?"

„Blutorangen", lachte Brian schallend. „Blutwurst wäre das Mindeste. Aber, nein. Wenn du so lange Vegetarierin warst, weißt du, wie wichtig Frische ist."

Seit jener Nacht versuchte sie, ihn mit Granatapfelsaft, Cranberrys und anderen Früchten mit rotem Farbstoff an eine neue Ernährung heranzuführen.

Brian wusste aber, wonach sein Körper schrie. Und leider entsprach auch die Hübsche nicht dem Schönheitsideal einer Vampirin. Er hatte sich täuschen lassen. Menschlich, rötlich und gesund leuchteten ihre Wangen, wo sich kalkweiße Blässe zeigen sollte.

Wie konnte er sich nach jahrhundertealter Erfahrung derart irren, was war schief gegangen? Ihrem magischen Gang war er verfallen. Dabei war er sich sicher, in ihr die Braut gefunden zu haben, die ihm noch fehlte. Jetzt brachte sie Tofu-Schnitzel auf den Tisch.

„Was hat Fleisch mit Soja zu tun?", fragte er sich. Auch wenn es ihm schwerfiel, ein Entschluss musste gefällt werden. Wie gerne hätte er sein Herz für sie geopfert, es sich aus der Brust gerissen. Er brauchte es nicht. Es war da und so nötig wie ein Blinddarm. Eiskalt lag es in seiner breiten Brust, seit nunmehr vierhundert Jahren ohne einen Schlag. Alles würde er tun, um Marla glücklich zu machen. Aber zum Blutverächter konnte er nicht werden. Er wollte nicht zum Gespött der High-Society werden. Was sollten die anderen von ihm denken? Unvorstellbar, wenn herauskäme, was bei ihnen im Kühlschrank lag. Es waren nicht nur die Fleischersatzprodukte. Schlimmer, Marla hatte ihn schon zur Blutbank geschickt.

„Wenn du schon Blut brauchst, dann doch bitte von Menschen, die es freiwillig spenden", nervte sie ihn. Eindeutig überschritt sie damit ihre Grenzen. Brian sah andererseits den Schmerz in ihren Augen. Ihre

Zerrissenheit. Sollte sie mit ihm und seiner Lebensweise unvorstellbar alt werden oder aber als Vegetarierin sterben?

Eines Tages lag er wach, betrachtete die bereits schlafende Marla lange und hingebungsvoll. Brian genoss die Entspanntheit nach dem Sex. Wenn er zu Beginn kühl über ihre Brüste blies, erregte sie das ungemein, machte sie wild, fordernd und gierig nach seinem fleischigen Körper. Bei dem Gedanken lief ihm ein spöttisches Grinsen übers Gesicht, also stand sie demnach doch auf Fleisch. Er zeigte ihr ein letztes Mal, wer ihr Meister war.

Für einen starken Mann ist vieles möglich. Er kann zum Nichtraucher, zum Abstinenzler, zum Vegetarier, ja in ganz krassen Fällen sogar zum Veganer werden. Aber das alles nur aus freien Stücken und niemals für einen anderen Menschen.

Das Tageslicht wurde von dichten Jalousien abgehalten. Ein Kerzenhalter mit drei brennenden Lichtquellen erleuchtete schwach den Raum. Er lauschte auf ihren ruhigen Atem. Wie ein Baby hatte sie sich in Embryostellung zusammengekrümmt. Sanft strich Brian ihr das schwarze Haar aus der Stirn. Er hatte keine Angst, sie aufzuwecken. Dafür sorgte das Schlafmittel, welches er ihr nach dem Beischlaf in Rotwein gerührt und als Schlummertrunk serviert hatte.

Brian stand auf, holte zwei Dinge unter dem Bett hervor, die er dort bereitgelegt hatte. Dinge, vor denen er sich eigentlich fürchten sollte! Dinge, die in einem Vampirleben keinen Platz haben. Ein dicker Holzpflock und ein großer Hammer.

Für einen Vampir tödliches Werkzeug, wenn er sich auf der falschen Seite des Pflocks befindet. Brian schritt feierlich um das imposante Bett, legte die zweiteilige Waffe auf der Decke neben Marlas schlanker Gestalt ab. Es fiel ihm nicht schwer, die bewusstlose Marla aus ihrer Stellung heraus der Länge nach auf den Rücken zu drapieren.

Sanft knöpfte er ihr helles Nachthemd mit Blümchenmuster auf, schuf so einen weiten Ausschnitt. Zärtlich legte er seine Hand auf ihre linke Brust, fühlte ihr erkaltetes Herz. Zögerlich griff er nach dem Holzpflock, umspannte ihn mit der linken Hand, setzte die Spitze an. Mit der Rechten hob er den Hammer. Brian zielte, holte weit über die Schulter aus, um mit ganzer Kraft und einem Schlag den Pfahl durch Marlas Herz zu treiben.

Im letzten Moment ihres Totendaseins riss sie ihre Augen auf, bevor ihr Körper zu Staub zerfiel.

Brian zog sich in eines seiner vielen Gästezimmer zurück. Er musste sein Personal bitten, das Zimmer gründlich zu säubern.

Bei seinem nächsten weiblichen Opfer wollte er genau darauf achten, wie sie sich ernährte, bevor er sie zu einer Vampirin machte.

Als Nebelschleier zog Brian unter der Tür durch, raus in die Nacht, auf der Suche nach der Frau fürs Leben, oder, in seinem Fall, für den Tod.

Rockwater

„Was für ein Tag war das denn? Der Alte schafft mich total", murmelte Edward. Es waren die ersten beiden Sätze des Tages, die er wirklich so meinte, wie er sie sagte. Der Butler raffte noch kurz das Altpapier zusammen, um es morgen früh parat zu haben, wenn die Männer mit dem großen LKW zur Abholung um die Ecke biegen würden. Auch so eine Marotte des Hausherrn; das Papier musste weg, durfte jedoch auf keinen Fall über Nacht vor dem Tor stehen. In einem Herrschaftshaus war das unmöglich, obwohl jeder wusste, dass die drei wichtigsten Tageszeitungen der Grafschaft abonniert waren, ergo auch irgendwie entsorgt werden mussten.

Abgekämpft schlurfte er mit hängenden Schultern in sein kleines Zimmer. Der Wecker auf dem Nachttisch zeigte kurz nach neun Uhr. Feierabend, oder treffender gesagt: sein Arbeitgeber, der Earl of Neverchange hatte ihm zu verstehen gegeben, dass er seine Dienste nicht mehr benötigte - was einer gnädigen Entlassung für den heutigen Tag gleichkam.

Edward entledigte sich seines steifen Arbeitsanzugs, schwarz, mit ebensolcher Fliege, Frackhemd, weißen Handschuhen und blankgeputzten Schuhen. Die Handschuhe landeten auf dem Tisch. Er tauschte das Jackett gegen einen bequemen Hausmantel, zog die

Lackschuhe aus, konnte fast die Füße aufatmen hören, setzte sich an den alten Tisch und verzehrte einen Imbiss, den er sich in der Küche zubereitet und mitgenommen hatte. Gesättigt schob der Butler den Teller von sich und zog das ledergebundene Tagebuch heran. Er schraubte den Deckel des Füllfederhalters ab und ließ die Gedanken des Tages in gestochen scharfer Schrift schwarze Gestalt auf dem Papier annehmen. Eine liebgewonnene Gewohnheit, die er auf keinen Fall missen wollte; erhielt sie ihm doch sozusagen den Arbeitsplatz. Ohne sie hätte der Fünfzigjährige sich wohl manchen Widerspruch gegenüber seinem Arbeitgeber nicht mehr verkneifen können. Das war ihm zwar von seinen Lehrern vor nahezu vier Jahrzehnten beigebracht worden, aber je älter er wurde, desto mehr dachte er selbst so.

„Ich bin doch auch noch ein Mensch, keine gefühllose Maschine, die immer funktionieren muss. Warum sieht das hier keiner? Ist der Earl aufgrund des Adelstitels mehr wert als ich? Das kann nicht sein.“

Nach diesem arbeitsintensiven Tag, der so lang wie jeder andere war, zog er sich aus, ging ins Bad und schließlich zu Bett.

Ich werde noch ein bisschen schmökern, dachte Edward und holte das Buch vom Nachttisch, einen Klassiker, der dort seit Monaten ausharrte. Jeden Abend las er ein paar Seiten, um sie am nächsten Abend nochmal zu lesen, weil er sich nicht mehr an deren Inhalt erinnern konnte. So hielte ein Buch zwar länger, aber befriedigend war diese Art des Lesens nicht.

Am Morgen klingelte der Wecker um halb fünf. Das Display zeigte 4:30, was sich gleich noch viel dramatischer anfühlte.

„Alles Routine, nur noch Routine", stöhnte der aus dem Schlaf Gerissene. Er tappte schlaftrunken ins Bad und kam faltenfrei wieder heraus. Mit Anlegen des Butler-Outfits hatte er seine Persönlichkeit abgelegt.

Wie jeden Morgen holte er die Zeitungen rein, heizte das Bügeleisen auf, und befreite das gedruckte Medium von der unerwünschten Werbung, die in einer Kiste landete, und fing an die Seiten glatt zu bügeln. Aus dem Augenwinkel stach ihm eine Beilage ins Hirn.

Ist das wichtig oder Reklame? Doch dafür ist es fast zu takt- und stilvoll, elegant wie die Todesanzeige eines Staatsmannes. Beinahe hätte Edward einen Brandfleck in die Zeitung gemacht. Er stellte das Eisen auf die Seite, fühlte sich nicht in der Lage, alltägliche Aufgaben erfolgreich zu verrichten. Die schwarzweiß aufgemachte Beilage forderte seine Aufmerksamkeit. Er zog sie aus dem Behälter, fing zu lesen an.

„Sind Sie Butler? Kennen Sie Ihre Aufgaben? Lieben Sie Ihren Beruf? Und möchten doch etwas Neues ausprobieren? Dann sind Sie bei uns genau richtig", versprach der Text.

„Werbung", schnaubte Edward, warf sie wieder zurück, und schnappte sich erneut das heiße Eisen, nur um es wenig später wieder weg zu stellen und erneut nach dem Blatt zu greifen. Der Text ging folgendermaßen weiter.

„Wir, die „Live-to-serve"-Butlerschule, suchen Verstärkung für unser Lehrerkollegium. Das Internat, deren Absolventen bei der Aristokratie gerne angestellt werden, befindet sich in schöner Lage am Rande der Stadt. Stellen Sie sich bitte in wenigen Zeilen und einem kurzen Lebenslauf vor." Es folgten eine Anschrift und eine Mail- Adresse.

„Diese Schule. Nur zu gut kenne ich sie, jahrelang nicht mehr an die Zeit gedacht, die ich dort verbracht habe." Schöne Erinnerungen leuchteten auf. Ein Ehrenkodex, ein Wort, ein Handschlag galten mehr als ein Papier.

Edward legte den Bogen Kante auf Kante zusammen, wollte ihn wieder zum Altpapier werfen, steckte ihn jedoch unbewusst in seine Hosentasche.

Das Tagwerk rief ihn in Gestalt seines Herrn, der diverse Aufträge gab, mit denen er sicher den ganzen Tag beschäftigt sein würde.

Auch an diesem Abend wurde es wieder nach 21:00 Uhr. Geschafft, leider nur er, nicht seine Aufgaben; der Rest kam morgen dran. Beim Ausziehen der Hose fühlte er das dicke Papier, wunderte sich, dass es überhaupt noch da war. Noch einmal las Edward den Text.

Der Butler griff zu seinem Füller, jedoch nicht wie sonst zum Tagebuch. Heute zog der sonst eher Unspontane ein Blatt des Büttner Briefpapiers zu sich. Ohne lange nachzudenken warf er einen kurzen Text auf das cremefarbene Blatt, faltete und steckte es in einen passenden Umschlag.

Plötzlich packten ihn Zweifel. Sollte das Schreiben wirklich zur Post? Warum? Wozu einen sicheren Arbeitsplatz aufgeben? Seit über dreißig Jahren war er der Butler des Earl of Neverchange. Hier musste er nicht mal denken, wurde geradezu ermutigt, es bleiben zu lassen.

Einmal warf ihm der Earl tatsächlich an den Kopf:

„Sie werden nicht fürs Denken bezahlt. Ich erwarte, dass Sie meine Anweisungen befolgen."

Das nagte heute noch an ihm, diesen Satz vergaß er nicht, der saß fest in seiner Hirnrinde. Ganz gegen seine Routine zog er noch mal seine Kleidung an, klebte eine Marke auf den Umschlag und lief zum nächsten Briefkasten.

„Ich werfe es ein, bevor ich's mir anders überlege." Gesagt, getan. Auf dem Heimweg kamen wieder Zweifel auf. „Sicher nehmen sie mich nicht. Die suchen jemand, der jung ist. Ich bekomm wahrscheinlich nicht mal eine Antwort."

In dieser Nacht schlief er lange nicht ein, konnte sich aber trotzdem nicht auf den alten Dickens vom Nachttisch konzentrieren.

Das Leben lief in den ausgetretenen Bahnen weiter. Früh aufstehen, lange arbeiten. Vom Earl nicht wahrgenommen werden.

Nach zwei Wochen kam ein Brief der Butlerschule. Edward hatte den nächtlichen Ausbruch aus dem Alltag fast vergessen. Mit Hilfe eines altertümlichen Brieföffners holte er das Schreiben aus dem Kuvert. Wieder, ähnlich der Werbung, dickes und stilvolles Papier.

„Sehr geehrter Mr. Edward. Wir freuen uns über Ihr Interesse an unserer Schule. Gerne laden wir Sie zu einem Gespräch ein." Es folgte der genaue Termin, unterschrieben war die Aufforderung mit R. Firepower, Direktor.

O, dachte er. *Bin ich nur noch Edward? Habe ich vor lauter, erledigen Sie dies Edward, sorgen Sie für das Edward, vergessen, mit meinem vollen Namen zu unterschreiben? Wann habe ich mich selbst verloren? Bin ich nur noch ein halber Mensch mit einem halben Namen? Kann ich das Steuer meines Lebens nochmal rumreißen und etwas Neues wagen?*

Er betrachtete sich im Spiegel der Eingangshalle. Aus ihm lächelte ihn ein grauhaariger Mann an. Die erste Gesichtsregung seit Tagen. Es gefiel ihm.

„In dir steckt noch Leben, du gehörst noch nicht zum alten Eisen", murmelte er dem zwinkernden Kerl zu.

Am Tag vor dem Termin bat Edward den Earl of Neverchange um einen kurzen Augenblick seiner kostbaren Zeit.

„Gnädiger Herr, ich werde morgen meinen freien Tag nehmen."

Der Adlige sah ihn entgeistert an, als hätte sein Diener behauptet, die Erde sei eine Scheibe.

„Edward?" war die irritierte Reaktion.

Nach diesem einen Wort konnte er fast drei Fragezeichen über dem erstaunten Haupt in der Luft schweben sehen.

„Meinen freien Tag, Sir. Sie wissen, sowas steht jedem Arbeitnehmer zu."

„Aber Edward, das haben Sie seit Jahren nicht getan."

„Nun, Sir. Ich fürchte dennoch, dass es von äußerster Dringlichkeit ist."

„Nun gut. Ich erlaube Ihnen frei zu nehmen."

„Sehr großzügig, Euer Lordschaft."

„Durchaus, da stimme ich zu."

Am Morgen um 9:00 Uhr war der Gesprächstermin mit Direktor Firepower. Natürlich war er pünktlich, um nicht zu sagen: überpünktlich.

„Mr. Edward, ich freue mich, Sie bei uns begrüßen zu dürfen. Ich zeige Ihnen gleich das Anwesen. Bei einem Spaziergang über das Gelände können wir uns so gut unterhalten wie in meinem Büro und sind dabei noch an der frischen Luft. Sind Sie gerne draußen?"

Jetzt wurde ihm bewusst, wie lange er nicht mehr in einem Park gewesen war, unter einem Baum gestanden, an einer Blume gerochen oder den Himmel betrachtet hatte.

„Ich habe ganz vergessen, wie schön die Natur ist."

„Ja, wer das geschaffen hat, war ein wahrer Künstler."

Edward verstand sich auf Anhieb gut mit Dr. Firepower. Der Direktor bot ihm ein Einzimmerapartment mit Kochnische, eigenem Bad und freiem Essen in der Internatsmensa an. Außerdem ein kleines Gehalt, nicht fürstlich, jedoch für seine bescheidenen Bedürfnisse absolut ausreichend.

„Hier kommt meine Zukunft. Das Leben hat mich wieder."

Noch am selben Abend kündigte der Diener zum nächstmöglichen Termin beim Earl of Neverchange.

„Das können Sie nicht machen, Edward. Diese Kündigung akzeptiere ich nicht. Ich brauche Sie doch."

„Es wäre schön gewesen, das zu spüren, Sir. Ich habe eine neue Anstellung gefunden, wo man meine Arbeit und Erfahrung einzusetzen weiß."

„Wie wäre es mit einer Gehaltserhöhung?"

„Nein danke, Sir. Das ist nett, aber zu spät. Ich wünsche einen schönen Abend, Earl of Neverchange, und empfehle mich."

Nach einem Vierteljahr an der Butlerschule „Live to serve" hatte sich Edward prächtig eingelebt. Er ging geradezu auf in seiner Arbeit. Seine Schüler brachte der zu neuem Leben Erwachte dazu, ein Gespür für

66

die Wünsche ihrer zukünftigen Herrschaften zu ent-
wickeln. Sie mussten, nein, sie wollten lernen, da zu
sein, noch bevor die Dame oder der Herr des Hauses
die Überlegung auch nur in Betracht zogen, nach dem
Personal zu läuten. Er unterrichtete das lautlose Gehen so unterhaltsam wie das Bügeln der Hemden und
unliebsamen Gästen die Tür zu weisen.

Der junge James war ihm besonders ans Herz ge-
wachsen, er erkannte sich in ihm wieder.

„Sage mir, was ist deine Motivation? Was treibt dich
an?", fragte er ihn nach einem Vormittag, an dem sich
der Schüler unermüdlich der ihm gestellten Aufgabe
bis zu ihrer Vollendung angenommen hatte.

„Ich fühlte schon immer den Wunsch zu dienen,
früher dachte ich daran, ein Kirchenamt anzustreben,
aber dann entschied ich mich doch lieber für etwas
mit mehr Nächstenliebe. Was ich möchte, ist ganz
einfach erklärt. Ich will Menschen glücklich machen."

„Ja, das verstehe ich sehr gut. Und wenn du Glück
hast, findest du eine Anstellung bei Herrschaften, die
dich und deine Arbeit dankbar schätzen."

Die Schüler gaben ihm zu verstehen, wie sehr sie
ihn mochten. Als der Lehrer auf eine Gruppe zulief,
hörte er noch, wie einer ehrfurchtsvoll flüsterte:

„Da kommt der Earl."

So nennen sie mich also, damit kann ich leben.

Und er selbst, Edward hatte, was er seit Jahrzehnten
nicht mehr gehabt hatte: Freizeit. Er kam wieder zum

Lesen, ins Kino, Theater und die Oper. Neue Freundschaften zu knüpfen, fiel ihm leicht.

An einem Sonntagnachmittag bei einer Tasse Tee im Büro des Direktors kam Edward auf ein Thema, das ihm seit längerem auf den Nägeln brannte, zu sprechen.

„Mr. Firepower, Sie und unsere Schüler nennen mich stets Mr. Edward. Das ist nicht ganz richtig.“

„So, ich denke Ihr Bewerbungsschreiben war so unterzeichnet.“

„Ja, das stimmt. Es ist bestimmt schon dreißig Jahre her, seit mich jemand mit meinem Nachnamen angesprochen hat. Aus purer Gewohnheit habe ich damals nur mit meinem Vornamen unterschrieben.“

„Und jetzt?“

„Jetzt will ich wieder ein ganzer Mensch sein. Der Mann von früher ist noch irgendwo in mir und möchte ans Tagelicht.

„Und? Wie heißen Sie also?“

„Mein Name ist“, an dieser Stelle musste er sich räuspern, weil er ihn so lange nicht ausgesprochen hatte, „Rockwater, Edward Rockwater.“

Irren ist männlich

Samstagnacht
Peter war auf dem Heimweg durch den Park. Er kam aus der Spätvorstellung. Wochenlang hatte er sich schon auf diesen Abend gefreut. Die neueste Dracula-Verfilmung lief seit Donnerstag in seiner Stadt.

Schon als Kind liebte er die Spätfilme mit Christopher Lee. Regelmäßig wurde er von seinen Eltern immer dann ins Bett geschickt wenn das Fernsehprogramm endlich interessant wurde. Aber er hatte Kopfhörer und auch ein Gerät in seinem Zimmer stehen. Nosferatu weckte seine Leidenschaft für das Blutsaugergenre, das ihn nie wieder losließ.

Jeder neue Roman wurde gekauft, jeder Film gesehen.

Gruselig schön war der Streifen. Nicht zu modern. Fast schon auf klassische Art altmodisch. Nebel und eine sparsame, jedoch an den richtigen Stellen eingesetzte Musik, die den Zuschauern eine Gänsehaut auf den Armen und im Nacken bescheren sollte. Die Story war natürlich bekannt und der Ausgang für jeden vorhersehbar, aber es war doch auch immer wieder neu. Dieses faszinierende Thema einer Geschichte von Bram Stoker kam alle paar Jahre in die Kinos. Und Peter musste sie alle anschauen und in seine DVD-Sammlung aufnehmen. Es war eine Sucht.

Bei den alten Filmen konnte er die Dialoge auswendig, und genau deshalb gab es für ihn nichts Besseres, um abends abzuschalten.

Der Besitzer des Lichtspielhauses hatte den Film massiv beworben. Seinem Aufruf, verkleidet zu erscheinen, konnten viele nicht widerstehen.

Peter wollte einen schönen Abend ohne große Vorbereitungen verbringen, weshalb er sich nur in seine Lieblingsklamotten warf. Jeans, Turnschuhe, weißes T-Shirt, schwarze Lederjacke, fertig. Er war kein eingebildeter Schönling, aber auf eine natürliche Art sah er einfach gut aus. Sportlich, jedoch nicht so viele Muskeln, dass man befürchten musste, beim häufigen Gewichte-Stemmen sei das Hirn auf der Strecke geblieben. Der trendige Kurzhaarschnitt, kombiniert mit einem Vollbart, vervollständigte sein nettes Auftreten. Der sympathische Kerl von nebenan eben.

Es war weit nach Mitternacht. In einer knappen Viertelstunde würde er zu Hause sein, gemütlich ein Glas Rotwein in den Lauf des Lebens einreihen und den Film im Kopf Revue passieren lassen.

Diese etwas unheimliche Atmosphäre im nur schwach beleuchteten Park passte als Tagesabschluss sehr gut. Ein Nachtvogel schrie. Peter genoss den kleinen Spaziergang. Er wusste, er war nicht alleine unterwegs, aber das waren nur ein paar kostümierte junge Leute, die mit ihm aus der Spätvorstellung gekommen waren. Er hörte ihr Gelächter, wie sie miteinander scherzten und sich gegenseitig erschreckten. Als er sich mal umdrehte, sah er nicht weit entfernt einen großen Mann mit einem langen schwarzen Umhang. Peter zuckte zusammen, weil er ihn nicht gehört hatte, aber klar, die Gruppe war so aufgedreht, dass er die Schritte hinter sich einfach nicht bemerken konnte.

Diese kleine Gratisgänsehaut war das i-Tüpfelchen des Abends.

Er hatte keine Angst. Seit etlichen Jahren konnte er sich, wenn es drauf ankam, verteidigen. Und doch ließ ihn ein mulmiges Gefühl nicht ganz los, seit er den Kerl hinter sich gesehen hatte.

Verfolgte der ihn, oder hatten sie nur zufällig denselben Weg? Peter versuchte eine Melodie zu pfeifen, es misslang kläglich. Der Typ hätte ihm doch auch zulächeln können, als Peter zusammen gezuckt war. Das hatte er doch bestimmt gesehen.

Ein Vampir, sprach eine Stimme in seinem Kopf.

Mach dich nicht lächerlich, beschwichtigte eine andere. Seine Beine wurden, ohne auf eine Anweisung von oben zu warten, schneller.

Was soll das? dachte er. *Selbst wenn der Verfolger ein Vampir sein sollte, wird er an mir vorbei laufen und sich eine junge Frau suchen. Und außerdem gibt es die nur im Film.*

Also, jetzt nicht die jungen Frauen, sondern Vampire.

Er schaute vorsichtshalber über die Schulter. Der Abstand hatte sich weiter verkleinert. Peter konnte die Gesichtszüge mittlerweile gut erkennen; so nah war der andere gekommen.

Der unheimliche Typ hatte kalkweiße Haut, schwarze Haare streng nach hinten gegelt, den Mund leicht geöffnet.

Blitzten die Eckzähne etwas länger?

Was manche Menschen für einen Aufwand trieben, nur um ins Kino zu gehen! Peter schüttelte den Kopf.

Trotz ihres schnelleren Tempos schien der Kerl kein bisschen außer Atem zu sein. Im Geist machte Peter eine kurze Bestandsaufnahme seiner Taschen. Was hatte er im Ernstfall zu seiner Verteidigung dabei?

Eine spitze Zunge und seine Karategriffe.

Mist, wenn sich seine Befürchtung bewahrheiten sollte, brauchte er jetzt ein Kreuz oder Knoblauch. Weihwasser wäre auch nicht schlecht.

Nichts von alledem hatte er dabei.

Ein Glück, dass er keine Frau war. Frauen nachts alleine im Park, da hatte man ja schon so manche böse Geschichte gehört. Und die Damenschuhmode war nicht unbedingt zum Davonlaufen gemacht, auch wenn manche Modelle so aussahen.

Peter beschleunigte noch einmal. Vielleicht war es ein Psychopath, der sich einen Spaß daraus machte, ihn zu verfolgen? Oder ein Irrer? Bestimmt würde Peter sicher daheim ankommen und über sich selbst lachen müssen, nachdem er die Tür im Rücken spüren würde.

Er konnte schon sein Haus sehen. In der Jackentasche fingerte er nach dem Schlüsselbund. Endlich hatte er die Haustür erreicht. Seine Hand zitterte, der Schlüssel fiel zu Boden. Schnell bückte sich Peter, um ihn aufzuheben.

Als er wieder aufrecht stand, war sein Verfolger direkt hinter ihm. Er überragte Peter um einen halben Kopf. Der spürte eine kräftige Hand in seinen Haaren, die ihm den Kopf nach hinten zog. Das Licht einer Laterne fiel auf die blasse Haut zwischen Bart und Jacke. Der Hintermann riss den Mund auf und grub die spitzen Fänge in Peters Halsschlagader, saugte ihm das Leben aus den Blutbahnen. Saugte, bis er schlaff in seinen Armen hing, und ließ ihn schließlich, als nichts mehr kam, zu Boden gleiten.

Peter hatte nicht mit einem schwulen Vampir gerechnet.

Sechzehn Stufen

Götz, eben nach acht Stunden von der Arbeit heimgekehrt, hörte den Bass schon von weitem durch das Treppenhaus wummern. Sein Mitbewohner Daniel Corner erklärte ihm, so gehe das bereits seit dem Morgen.

„Na, super. Ich hoffe, heute Nacht ist Ruhe. Morgen arbeite ich den ganzen Tag, ich brauch meinen Schlaf." Die Hoffnung stirbt zwar zuletzt, aber sie stirbt, und wenn es bis 23:45 Uhr dauert. So lange blieb Götz auf. Das entsprach nicht seinen Gewohnheiten, normalerweise ging er früher zu Bett.

Der Takt setzte höchstens so viele Minuten aus, wie man benötigt, um eine neue CD einzulegen. Nach oben gehen, um sich zu beschweren, wollte er nicht, denn das häusliche Konzert wurde von Schreien und Gepolter untermalt, sodass Daniel und Götz sich fragten, was der Mann über ihnen tat. Kleinholz für den Winter hacken? Nein, dafür war es noch zu früh im Jahr. Außerdem ahnten sie, dass der Kerl psychisch nicht ganz kompatibel mit seiner Umwelt war.

Die Zeit lief weiter, die Musik auch. Irgendwann polterte Daniel ein Stockwerk höher, knallte die Faust an die Tür. Ohne Erfolg, sie blieb zu.

Als er wieder unten war, meinte Götz: „Vielleicht hat er dich nicht gehört, weil die Musik so laut ist."

Insgeheim war er froh, denn man weiß nie, wie Psychos gerade so drauf sind.

Um seinen Schlaf gebracht, wälzte er sich von einer Seite zur anderen, sann erst über Folter-, dann sogar über Mordgedanken nach. Am Anfang war es noch Taminos *Zu Hilfe, zu Hilfe, sonst bin ich verloren*, was ihm durch den Kopf ging, was jedoch sehr schnell durch die Königin der Nacht mit *Der Hölle Rache kocht in meinem Herzen* abgelöst wurde.

Es ging ihm dermaßen auf den Sack, wenn er unter dem Egoismus anderer leiden musste. Götz würde sicher den nächsten Tag überstehen, schließlich war er Profi in seinem Beruf. Aber die Gedanken zur Nacht merkte er sich; war versucht sie aufzuschreiben, doch das war unnötig. Sie waren alle am nächsten Morgen noch präsent.

Gegen halb drei setzte plötzlich unerwartete Stille ein. Götz schielte nach dem Wecker, und merkte, ihm blieben noch genau drei Stunden Schlaf. Viel zu wenig.

Der Alarm des Weckers schreckte ihn aus seiner kurzen Nachtruhe. Wie ferngesteuert stand er auf, duschte, klatschte sich zwei Tassen Kaffee ins Gesicht und fuhr ins Geschäft, wo die Kaffeemaschine ihn wie jeden Morgen *herzlich willkommen* hieß.

„Du mich auch", motzte er zurück.

Wie jeder miese Tag ging auch dieser irgendwann vorbei. Am Abend, müde, doch auch motiviert, die

Pläne umzusetzen, traf er Vorbereitungen für den nächsten Lärmangriff.

Götz nannte eine riesige CD-Sammlung sein eigen; jede neue CD kam auf den Rechner, um kreative Mischungen zu brennen. Heute legte er einen Ordner auf dem MP3-Player an. Er hoffte geradezu auf eine Ruhestörung. Doch die Nacht verlief ruhig, vermutlich brauchte Kevin Häberle, der Übermieter, Erholung.

Ein Tag später kam er heim, wieder der dröhnende Bass im Haus. Da überkam Götz eine Freude, wie selten, wenn er gezwungen war, anderer Leute Musik zu hören.

Es war 16:00 Uhr. Er gab ihm genau sechs Stunden, um Punkt zehn würde er nach oben gehen. Hoffentlich endete der Radau nicht früher. Aber nein, auf seinen privaten DJ war Verlass. Wenn er auflegte, kannte er keinen Sendeschluss. Heute war Götz vorbereitet; der harte Rock, den er die letzten Stunden gehört hatte, brachte den Adrenalinspiegel immer weiter zum Kochen. Er lief auf und ab.

„Was hast du vor?", fragte Daniel irritiert.

„Ruhig schlafen."

Götz schnappte sich die gepackte Tasche, lief nach oben und knallte mit kräftiger Faust auf das Holz, die Tür wackelte in ihrer Verankerung. Nichts geschah. Auch der zweite Versuch blieb ohne Erfolg, abgesehen davon, dass Götz' Wut wuchs. Geduldig wartete er auf das Ende des eben laufenden Stücks. Dann donnerte er neben das Guckloch, das Scharnier gab splitternde Geräusche von sich.

Plötzlich wurde die Wohnungstür aufgerissen. Kevin stand leicht schwankend in Boxer-Shorts und Schlabber-T-Shirt mit Comicfigur, die ein Bierglas hielt, vor ihm. Als seine Sehschärfe sich auf Götz fokussiert hatte, bebten seine Nasenlöcher, und er schrie: „Was…?"

Die Frage wurde spontan von einem gestreckten Kinnhaken beendet, obwohl da sicher noch mehr Worte kommen wollten. Im wahrsten Sinne des Wortes angeschlagen, taumelte er nach hinten, wo die freundliche Wand ihn stützte.

Erst zuschlagen, dann nachfragen. Das war eigentlich nie der Stil von Götz gewesen; mal wieder eine Ausnahme zur Bestätigung der Regel.

„So, mein Lieber, jetzt hör mir mal ganz genau zu." Er packte Kevin Häberle am Kragen und klatschte ihm links und rechts ein paar auf die Hängebäckchen. Das war nicht unbedingt nötig, um seine volle Aufmerksamkeit zu bekommen, machte dafür Spaß.

„Schlafentzug finde ich ganz fürchterlich, fast so schlimm wie Hunger. Und damit du verstehst, was ich meine, hab ich was für dich vorbereitet." Als ob er Kevin hypnotisieren wollte, schwenkte er vor dessen Augen die mitgebrachte Plastiktüte.

„Was…?", begann Kevin wieder, nur diesmal aufgrund seiner anschwellenden Unterlippe etwas undeutlicher. Langsam kam er wieder auf die Beine.

„Das wirst du gleich sehen." Es war leicht, Kevin ins Schlafzimmer zu führen.

„Halt, halt, das Wohnzimmer ist da drüben", versuchte der einen Richtungswechsel vorzunehmen.

„Weiß ich, im Bett kann ich dich aber besser fesseln." Was nach einem kurzen Handgemenge, begleitet von einem Knockout Kevins, auch geschehen war. Als er diesmal von leichten Schlägen wieder ins Hier und Jetzt geholt worden war, fand er sich auf dem Rücken liegend, mit Seilen um Oberkörper und Beine ans Bettgestell fixiert.

„Was...?

„Dein Sprachschatz scheint mir sehr begrenzt. Hängt das mit der Comicfigur zusammen, oder liegt's an deinem Vornamen?"

„Äh...", begann Kevin den nächsten Satz.

„Mann, das halt ich nicht aus. Hier nimm das." Götz griff in seine Tasche und brachte ein Paar frische zusammengelegte Socken hervor. Sie landeten in Kevins Mund, der diesen freundlicherweise schon mal weit aufgerissen hatte.

„Äh...."

„Das sagtest du schon." Götz langte wieder in die Wundertüte. Robuste Kopfhörer kamen zum Vorschein und landeten auf Kevins Ohren.

Dank sehr starken Klebebands blieb ihm keine Chance, sie abzuwerfen. Den MP3-Player drehte er voll auf und drückte repeat. Maria Callas kreischte in Kevins Gehörgänge, abgelöst von Caruso. Mittlerweile gab es sicher bessere Klassiksängerinnen und -sänger, was vielleicht auch an der veralteten Aufnahmetechnik lag. Aber Götz hatte bewusst nicht das beste Material ausgesucht.

Kevin wimmerte, verdrehte die Augen, was Götz veranlasste abzuschalten.

„Och, gefällt's dir nicht? Das tut mir jetzt aber Leid." Hohn triefte von jedem Wort. „Du wirst die ganze Nacht meine Musik hören wie ich deine vorgestern. Es sind sich abwechselnde Stücke, manches wiederholt sich auch; kennst du diese endlosen Litaneien von Wagner? Nicht? Na, aber bald. Und das Beste ist, der Akku läuft bis morgen früh. Ich komm dann wieder hierher, bevor ich zur Arbeit fahre." Er drückte auf Play.

Nach dieser Aktion schlenderte Götz hochzufrieden mit sich selbst ins Wohnzimmer, wo noch immer der laute Bass aus den Boxen quoll. Kein Nachbar konnte etwas von ihrem kleinen Kampf mitbekommen haben. Bevor er die Wohnung verließ, schaute er noch kurz nach Kevin, der mit flehenden Augen zu ihm aufschaute. Er winkte nur lässig und sagte: „Bis morgen", was der Liegende vielleicht von seinen Lippen ablesen konnte.

Bevor Götz die Wohnungstür schloss, schnappte er sich den Schlüsselbund, damit er wieder rein kam.

Von wegen Puccinis „Nessun dorma", zu Deutsch: Niemand schlafe. Alle schliefen in dieser Nacht, außer Kevin.

In der Opernwelt wird viel gestorben. Fast in jeder Oper kommt Mord oder ein Suizid vor, manchmal stirbt auch der Komponist, wie Puccini bei seiner „Turandot", bevor die Oper fertig geschrieben ist. Aber Freunde dieser Musikgattung können auch anders.

Jetzt herrschte Ruhe, Kopfhörer sei Dank.

Dass Kühe mehr Milch geben, wenn sie Mozart hören dürfen, ist bekannt. Vielleicht kann man mit dem österreichischen Genie auch einen Psycho heilen?

Am Morgen hüpfte Götz ausgeruht die zwei Treppen hoch. Kevin lag da, wie er ihn verlassen hatte, auf dem Rücken, mit Seilen um Oberkörper und Beine fixiert, Kopfhörer auf den Ohren. Nur der Schreck in seinen Augen hatte sich vergrößert. Das gefiel Götz gut.

Er befreite Kevin von der Musik, fragte ob er sich ruhig verhalten würde, was dieser mit einem ängstlichen Nicken bestätigte. Götz zog die durchweichten Socken aus Kevins Mund. Der spuckte ein paar Fussel aus.

„Und?", fragte Götz. „Was hör ich in Zukunft in meiner Wohnung von dir?"

„Nichts", brummte Kevin übermüdet und sauer, „und jetzt mach mich los, ich muss pissen."

Götz entfernte das Seil vom Oberkörper des physisch und akustisch Gefolterten und verließ die Wohnung. Den Rest seiner Fesseln konnte Kevin sicher alleine abstreifen.

„Für was unsere Klassiksammlung alles gut ist", freute sich Daniel am Abend. „Eine geistige Macke durch Mozart geheilt, und Schmerztherapie mit Maria Callas; die muss ja auch heute noch zu was gut sein."

„Ja", lachte Götz. „Das war jetzt mal nicht der achtfache Pfad des Buddhismus, sondern es waren die 16 Stufen zur nächtlichen Ruhe."

Daniel und Götz hörten nie wieder Musik und auch kein Gepolter von oben.

Wenn Götz zufällig Kevin im Treppenhaus begegnete, pfiff er *eine kleine Nachtmusik*, was diesen zur wimmernden Flucht veranlasste.

Die Ersatzmuse

„Küss mich endlich, verdammte Muse!", vernahm Apollon die Aufforderung eines verzweifelt nach Inspiration suchenden Schriftstellers.

Als Gott der Sonne und des Lichts könnte man sein Aussehen mit einem einzigen Prädikat, nämlich göttlich, beschreiben. Doch weil darunter jeder etwas anderes versteht, möchte ich gerne näher darauf eingehen.

Er besaß eine wohlgeformte schlanke, jedoch kräftige Gestalt und war von hohem Wuchs. Seine Gesichtszüge erfanden geradezu das Wort Ebenmäßigkeit, und eingerahmt wurden diese von einer Lockenpracht, auf die manche der ihn umgebenden Göttinnen einen Grünstich des Neides entwickelt hatten. Schwarze, intensiv strahlende Augen im perfekten Abstand, überschattet von fast zusammengewachsenen, nach oben gebogenen Brauen, die von einer aristokratischen Nase geteilt wurden, sozusagen ein Gott in den besten Jahren.

„Schon wieder einer", stöhnte der Sohn des Zeus, „der meint, es genügt, sich einen betulichen Arbeitsplatz in angenehmem Ambiente einzurichten, einen Stein für die Kreativität um den Hals, dann noch ein ätherisches Öl in die Duftlampe, und die Finger leicht auf die Tastatur des PCs zu legen und einfach abwarten, was ihm von oben souffliert wird."

Apollon war heute stinksauer. Seine Halbschwester Erato hatte sich am Morgen, wie so oft, krank gemeldet, weshalb er von Zeus zum Einspringen verdonnert wurde.

Früher übernahmen die anderen Musen in so einem Fall die anfallende Arbeit, doch nach einem heftigen Streit zwischen Hera und Zeus hatte dieser zustimmen müssen, einen Mann als Quotenmuse abzustellen.

„So schwer wird das ja nicht sein, was deine Mädels Arbeit nennen", donnerte der Herr der Blitze. „Hier ein durch die Luft geschicktes Küsschen, da ein Anstubsen der Schreibhand. Vielleicht sitzen sie auch nur da und sehen hübsch aus. Jeder Gottessohn könnte den Job ebenso gut erledigen", brüllte er weiter.

Hera schritt theatralisch auf ihren Gatten zu, tippte ihm auf die kraftstrotzende Brust und wisperte ihm, da sie aus Erfahrung wusste, dass ihre Ruhe seine Wut am Kochen halten würde, leise zu: „Beweise es".

Er kratzte sich den dichten Rauschebart und überlegte, was er erwidern sollte. Er könnte jetzt, um sie zu beschwichtigen, die berühmtesten drei Worte der Weltgeschichte sagen, doch dazu war er nicht bereit, und so sprach Zeus mit trotziger Stimme: „Männer können alles." Und damit war der Deal beschlossen. Den Beweis dafür zu erbringen, war jetzt Apollons Aufgabe, sich nämlich mit einem Autor herumzuärgern, der sich schon auf der Bestsellerliste sah.

Ein intriganter Gedanke huschte durch seinen Götterschädel, als er durch die aufreißende Wolkendecke zur Erde blickte. Mürrisch kratzte er sich am Kopf, und schimpfte: „Wenn der Mann auf der Liste der meistverkauften Bücher stehen will, könnte er sich um sein Altpapier kümmern, Klebeband oder Schnur darum wickeln und sich mit ganzem Gewicht auf die Kiste stellen. Da ist bestimmt ein „Spiegel" mit den Top 20 dabei."

„Schick mir einen Geistesblitz", kam erneut die Aufforderung des unten Wartenden.

„Ich bin doch nicht Zeus", knurrte Apollon.

Andererseits, wenn ein Künstler nach einer Muse verlangte, durfte der Ruf nicht ignoriert, sondern musste beantwortet werden.

So machte er sich auf den Weg zur Erde, flog auf einem Sonnenstrahl durch die Atmosphäre, spähte durch das offenstehende Fenster, schlüpfte hindurch und nahm schließlich unbemerkt und unsichtbar in einem Sessel hinter dem Autor bequem Platz. Ärgerlich, weil er gar nicht an diesem Ort sein wollte, sondern lieber mit Freunden bei Wettkämpfen den Körper gestählt oder sein Saiteninstrument, die Lyra, gespielt hätte, durchbohrte Apollon mit ungeduldigen Blicken den Rücken des einfallslosen Schreibers.

Warum blieb der Bildschirm leer? Reichte seine Anwesenheit nicht aus? War die Berührung so wichtig? Der vielgerühmte Musenkuss?

Lieber hätte er über eine junge aufstrebende Künstlerin gewacht, ihr täglich einen Kuss aufs Haupt gedrückt und auf diese Art zum Durchbruch verholfen.

Na gut, als Aushilfe kann ich mir den Job nicht aussuchen. Mit diesem Gedanken fügte Apollon sich in Auftrag und Schicksal.

Der Gott der Künste erhob sich majestätisch, trat hinter den Autor, dem noch immer die Worte fehlten und der anscheinend versuchte, den Cursor durch Hypnose in Bewegung zu setzen. Er beugte sich über dessen Schulter, küsste ihn von der Seite auf dessen raue Wange, was etwas befremdend kitzelte. Woraufhin Apollon einen Schritt zurück trat, mit dem Fuß aufstampfte und in das Ohr des vor ihm Sitzenden brüllte: „Schreib jetzt!"

Der Mann zuckte zusammen, gehorchte - weshalb, hätte er, danach gefragt, nicht sagen können - und drosch mehrere Stunden ohne Unterbrechung auf die Tasten ein.

Apollon nahm Platz, beobachtete den Arbeitenden voller Zufriedenheit.

Na, geht doch, dachte er. *Da hab ich was Neues zu erzählen. Eine ganz nett vorgebrachte freundliche Aufforderung bewirkt Wunder.*

Am selben Abend fand ein großes Gelage im Speisesaal des Olymps statt. Bei Ganymed, dem schönen Jüngling hatte Zeus den Auftrag erteilt, mehrere Fässer aus dem Keller heraufbringen zu lassen.

Apollon stichelte: „Ach Erato, wieder wohlauf? Ich habe heute deinem Kinderbuchautor auf die Sprünge geholfen. Das war kein leichter Fall, aber ich wusste mir zu helfen." Feierlich hob er seinen Weinkelch und trank einen wahrhaft göttlichen Schluck. Als er Eratos erschrockenen Blick sah, setzte er lachend hinzu. „Der wusste wahrscheinlich selbst nicht, wie schnell er schreiben kann."

Alle neun Kinder, die Zeus mit der Mutter der Musen gezeugt hatte, saßen am großen, runden Musenstammtisch bei Apollon und schwelgten in Erinnerungen.

Wie es war, als bei Johann Sebastian Bach eine Nachtschicht eingeführt worden war, damit er mit seinem großen Gesamtwerk fertig wurde.

Oder wie sich zwei Göttertöchter gleichzeitig um den jungen Mozart kümmern mussten, weil ihm nur eine kurze Lebenszeit vorbestimmt war, er jedoch unbeschreiblich viele Noten zu Papier bringen wollte.

Ein Segen für die Nachwelt.

„Da Vincis Farbenspiel in der Sixtinischen Kapelle", seufzte eine dünne Muse im Hintergrund hingerissen.

„Das war ich", war Apollons Bass zu vernehmen. „Einer meiner ersten Jobs. Leute, war ich aufgeregt. Vielleicht war es Anfängerglück, dass da etwas so Einmaliges entstanden ist."

„Verdis Oeuvre wäre ohne uns gar nicht möglich gewesen", warf Polyhymnia ein. „Das hätte sicher geklungen wie hundertfünfzig Jahre später, als wir alle mit anderen Dingen beschäftigt waren und zu wenig Zeit für die Musik blieb."

„Michelangelos perfekter David", war die Stimme der Dürren erneut zu vernehmen.

„Auch ich", antwortet Apollon. „Ich machte mich sichtbar für ihn, und er bat mich Modell zu stehen."

„Doch die Ballettmusik von Tschaikowsky habe ich wirklich schön hin bekommen", lobte sich Polyhymnia weiter selbst, was ihr einen weiteren vernichtenden Blick Apollons einbrachte.

Aufgebracht sprang er auf und verteidigte empört seine Werke.

„Ha, das war das Jahrzehnt, in dem du gerne vorgabst, Migräne zu haben, weil du keine Lust auf das kalte Russland hattest. Das sonnige Italien mit Verdi machte dir mehr Spaß. Man kann es heute noch an deinen Hüften sehen. Ich brachte ihm die Inspirationen für den Nussknacker und seinen heute noch gern gehörten Schwanensee. Wer ihm bei der Symphonie Pathétique die Hand führte, brauch ich wohl nicht zu erwähnen."

Aufrechten Kopfes fuhr er mit schwärmerischer Stimme fort:

„Und einer meiner besten Köpfe war eindeutig Hermann H..."

„Nein, du meinst doch nicht etwa den, der dreimal

verheiratet war?" unterbrach ihn eine von Zeus' Töchtern, noch bevor Apollon den Nachnamen aussprechen konnte.

„Genau den", antwortete er triumphierend. „Meint ihr, das hätte eine von euch so hin bekommen? Ich möchte nicht zu viel verraten. Lassen wir den Leichtgläubigen ihre Illusionen. Genug für heute. Morgen wird ein anstrengender Tag auf uns zukommen. Ich hoffe es gibt keine Ausfälle."

Mit einem Blick auf Erato verließ er den Musentempel.

Am nächsten Morgen warf Apollon wieder einen Blick auf den Schreibtisch seines Schützlings. Er wollte sehen, was der Autor gestern noch zustande gebracht hatte.

Sicher hätte er den Auftrag an Erato, die heute wieder im Einsatz war, abgeben können, doch er wollte das Angefangene zu Ende bringen. So war er eben.

Wer weiß, was diese unzuverlässige Muse aus seinem Werk gemacht hätte. Wahrscheinlich was ganz Süßes, wie sie sich ausdrücken würde.

Der Verfasser einiger beliebter Kinderbücher hatte eine enorme Anzahl ausgedruckter Blätter neben seinem PC liegen. Er trug noch dieselben Kleider wie tags zuvor, sich der Tatsache anscheinend nicht bewusst, dass die Sonne unter- sowie wieder aufgegangen war. Gedankenverloren hatte er bei

Einbruch der Nacht eine kleine Lampe eingeschaltet, ansonsten weder gegessen noch getrunken.

„Vermutlich muss ich mir einen anderen Verlag suchen", hörte Apollon, der im selben Sessel wie gestern saß, ihn überlegen. „Oder den alten von meinem neuen Projekt überzeugen. Hach, was soll ich bloß machen?"

Apollon überflog die Seiten.

Es hatte seinem Schützling vermutlich höllischen Spaß bereitet, alles mögliche und unmögliche Böse in seine erste Horrorgeschichte zu packen. Mord und Totschlag, unsagbares Grauen und und und.

Am PC las der übernächtigte Autor nochmal alles durch, schmunzelte am Ende amüsiert über das Ergebnis der durcharbeiteten Nacht, rieb sich die Nase, lächelte und sprach in das leere Zimmer:

„Wahrlich keine Kindergeschichte, mein Lieber."

Naja, Apollon hatte mit dem Fuß aufgestampft und in das Ohr des Autors gebrüllt.

Ein zweites Mal beugte er sich über den Herrn am Schreibtisch und gab ihm einen kräftigen Kuss, sodass dieser, erfüllt von neuer Energie - stärker als jeder vierfache Espresso, seinen erschaffenen Text überarbeiten und mit einer nie gekannten Eloquenz übergießen konnte.

Apollon war angetan von dieser literarischen Arbeit, auch wenn der Verfasser der Geschichte verwundert auf den Papierstapel neben sich blickte, mit den

Schultern zuckte und sichtlich nicht verstand, wie es zu diesem Genrewechsel gekommen war?

Der Göttersohn hätte es ihm erklären können. Wo männliche die Arbeit von weiblichen Musen übernahm, kamen eben unterschiedliche Endprodukte heraus. Oder anders ausgedrückt: Abwechslung ist erstrebenswert.

Außerdem kann so ein Genrewechsel durchaus mal passieren, wenn man von einer wütenden Aushilfsmuse unterstützt wird.

Apollon wandte sich zum Fenster, warf einen Blick über die Schulter, sah, dass der neue Gruselautor seiner Unterstützung nicht mehr bedurfte, und schwebte zurück zum Olymp.

Böse auf Erato war er nicht mehr, denn alles Neue ist eine Erfahrung.

Der Antikrebs

Ich geb dir Hausverbot in meinem Körper,
Körperverbot in meinem Haus.
Du hast in meinem Leben nichts zu suchen,
Ich bin zu jung für dich, ich schmeiß dich raus.

Ich wünsch dir anderweitig viel Erfolg,
bei mir hast du kein Recht zu wohnen.
Finde jemanden, der besser zu dir passt,
einen, der dieselben miesen Eigenschaften fasst.

Der gefräßig über alles Schöne herfällt,
sich ohne Ende tausendfach vermehren will,
glaub mir, das ist nicht mein Stil.
Ich bin einzigartig und will es bleiben.

Wie wär's mit einem Blumenkohl
als neuem Wohnsitz, von mir aus mit Balkon?
Das Aussehen wäre ziemlich ähnlich,
vegan ist nicht mehr nebensächlich.

Ich könnte Stund um Stund so weiter machen,
ich sag nur eins, pack deine Sachen.
Ich bin kein Mörder und will keiner werden,
du bist die Ausnahme, ich werd dich erden.

Für mich bist du erledigt,
ich leb von nun an ohne dich.
Sei nicht beleidigt,
wir passen einfach nicht.

Danksagung

An erster Stelle danke ich meiner besseren, oder anderen Hälfte. Dafür, dass Du seit 19 Jahren an meiner Seite bist und mich bei drohenden Höhenflügen mit Deinem erdigen Sternzeichen wieder auf den Boden holst. Danke dafür, dass Du den größten Teil des Haushalts schmeißt; so habe ich trotz meinem Vollzeitarbeitsplatz noch etwas Zeit zum Schreiben.

Dr. Wolfgang Weimer für das Überarbeiten und Lektorieren.

Claudia Konrad für die große Hilfe beim In-Form-Bringen des Buches, und die Unterstützung bei „Avaritia", „Veggie-Vampy", und „Lob eines Lyrikers".

Uschi Gassler für das Erstlektorat und wichtige Starthilfe bei „Helianthus" und „Fünf für Pforzheim".

Carmilla DeWinter für das Korrektorat von „Avaritia".

Angela Mittmann und Silvia Figura, weil Ihr einfach wichtig seid.

Elly Großmann und Jürgen Vollmer für die große Unterstützung.

Oliver Meißner aus der „Nordstadt-Buchhandlung" in Pforzheim, der mich schnell und zuverlässig mit neuem Lesestoff versorgt.

Rainer Biesinger für einen sehr guten Rat.

Und allen Ungenannten, die mir auf meinem Weg mit was auch immer geholfen haben. Ihr wisst, wer gemeint ist.

Anmerkungen

Fünf für Pforzheim – geschrieben für die Jahresabschlusslesung 2017 des Goldstadt-Autoren e.V. im Walter-Geiger-Haus zur Feier des 250jährigen Jubiläums der Schmuck- und Uhrenindustrie in Pforzheim.

Avaritia – Habgier es war an der Zeit für einen Krimi. Die Idee kam mir vor dem Birkenfelder Friedhof. Was wäre, wenn ich im Gebüsch eine Leiche entdecken würde…

Helianthus – für Elly, die unverständlicherweise als kleiner, garstiger Hobbit bezeichnet wurde.

Lob eines Lyrikers – möchte ich meinem geschätzten Autorenkollegen Ernst Merz widmen. Er hat mir beigebracht, wie ich den größten Nutzen aus einer Kritik ziehen kann.

Veggie-Vampy – musste sein. Ich habe wirklich nichts gegen Vegetarier, ein paar in meinem Bekanntenkreis sind ganz tolle Menschen. Und für den schwarzen Humor kann ich nichts.

Rockwater – eine Bachblüte heißt auch so, was mich auf die Idee brachte, den Namen zu benutzen.

Irren ist männlich – war eine meiner ersten Geschichten. Ich liebe Vampire.

Sechzehn Stufen – irgendwo, irgendwann gab es wirklich laute Musik über mir. Der Rest ist pure Fantasie. Eigentlich bin ich ein ganz Lieber.

Die Ersatzmuse – war einfach da. Vermutlich hatte sich die erst Muse krank gemeldet.

Der Antikrebs – ist Gaby Hofsäß gewidmet. Ich wünsche Dir allzeit viel Kraft.

Bisher erschienene Werke

Wenn die Sonne bläst, Kurzgeschichten Engelsdorfer-Verlag, Leipzig 2016,
ISBN 978-3-96008-096-1

Cynthia Silbersporn, Hexengeschichten
Engelsdorfer-Verlag, Leipzig 2017,
ISBN 978-3-96008-883-7

Veröffentlichungen in Anthologien

Schrumpelfinger in: „Nassbert, der Wannenwichtel
– Geschichten in und aus der Badewanne" (Hrsg.
Thorsten Meier), MTM Papierfresserchen Verlag,
Nonnenhorn 2015

Weite Weihnacht in: „Wünsch dich ins Wunder-
Weihnachtsland", Band 8 (Hrsg. Martina Meier),
MTM Papierfresserchen Verlag, Lindau 2015

Wissen schützt vor Bosheit nicht in: „Wünsch dich ins Märchen-Wunderland", (Hrsg. Mahandra Uwe Schmitt), MTM Papierfresserchen Verlag, Lindau 2016

Juliana und die Plätzchendiebe in: „Wünsch dich ins Wunder-Weihnachtsland", Band 9 (Hrsg. Martina Meier), MTM Papierfresserchen Verlag, Lindau 2016

Melli in: „Wie aus den Ei gepellt", Band 4 (Hrsg. Martina Meier), MTM Papierfresserchen Verlag, Lindau 2017